终南集

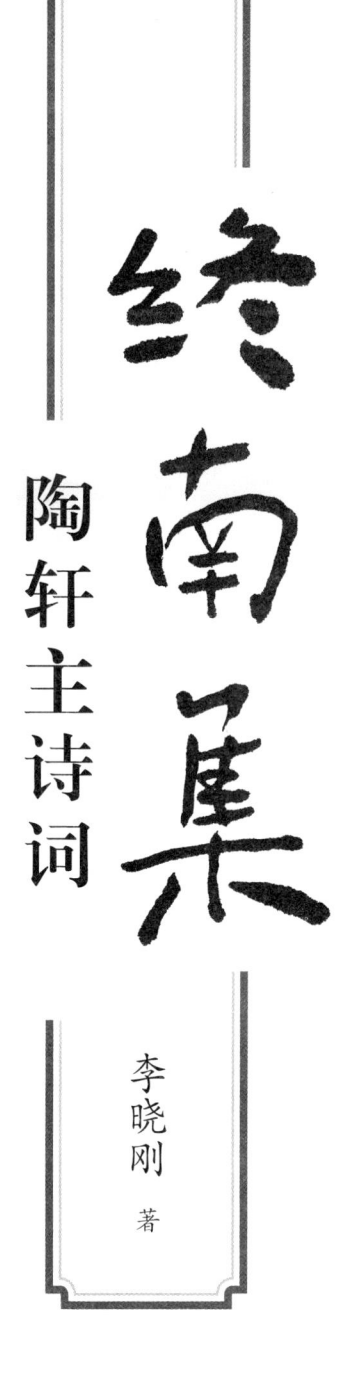

陶轩主诗词

李晓刚 著

中国社会科学出版社

图书在版编目（CIP）数据

终南集：陶轩主诗词 / 李晓刚著 . —北京：中国社会科学出版社，2019.5

ISBN 978-7-5203-4292-6

Ⅰ.①终… Ⅱ.①李… Ⅲ.①古体诗—诗集—中国—当代 ②古典诗歌—诗歌评论—中国 Ⅳ.①I227.7②I207.2

中国版本图书馆 CIP 数据核字（2019）第 067599 号

出 版 人	赵剑英
责任编辑	刘 芳
责任校对	季 静
责任印制	李寡寡

出　　版	中国社会科学出版社
社　　址	北京鼓楼西大街甲 158 号
邮　　编	100720
网　　址	http://www.csspw.cn
发 行 部	010-84083685
门 市 部	010-84029450
经　　销	新华书店及其他书店

印　　刷	北京明恒达印务有限公司
装　　订	廊坊市广阳区广增装订厂
版　　次	2019 年 5 月第 1 版
印　　次	2019 年 5 月第 1 次印刷

开　　本	650×960　1/16
印　　张	15
字　　数	188 千字
定　　价	65.00 元

凡购买中国社会科学出版社图书，如有质量问题请与本社营销中心联系调换
电话：010-84083683
版权所有　侵权必究

序

　　陶轩主自幼好为古诗，尔来拣选旧作裒为一集，名为《终南集》，将付梓以飨诗友，索序于余，余欣然应之，且引以为荣。全书分为三卷，分别以陶轩诗词、陶轩诗评、陶轩诗论次之，卷末附有陶轩诗话十八则，总计四百余通。其中诗词多为咏物、咏史、感时、抒怀、田园、酬赠、交游、记游、送别、悼亡和讽喻之作，皆能别出心裁，法古而求变；诗评涉及杨维祯、高启、汤显祖、吴伟业、王士禛等文学名家，虽篇幅短小，而新意独见；诗论题为《从七言律诗的演变过程谈当前古体诗的继承和发展》，持论有据，长而不冗，理足服人。

　　律诗兴于唐而词盛于宋，历经千年而不衰者何也？以其虽属旧体，而"其命惟新"。夫命者，生也。《礼记·祭法》有云："大凡生于天地之间者皆曰命。"唐诗宋词兴于古而存于今，垂于后不知其所终，诗人喜用，民众乐见，其遗风流韵至今无可替代，且有腾跃扶摇之势，虽登高不见其衰兆，故曰"其命惟新"。而今新人如星，新作如云，是为确证，《终南集》即其灿然之一斑也。

凡说诗者必称唐，论词者必称宋，非诗多于唐而词众于宋也，实因其高标绝伦难以企及也。后世追慕，或有舍其本而求其末者，贪多务得，采滥忽真，虽心雄万夫，高自称誉，恐只可藏于私箧，尽兴一时，难得流布。陶轩主人异乎是，勤于笔耕，勇于反思，严于推敲，不务多而务精，不求快而求胜，故佳句佳作屡见。佳句如"影随高柳留春色，月落西窗醉酒红。"（《毕业季赠学生》）"一岁匆忙花叹老，半生沉寂禄嗟迟。"（《腊冬诗友古城聚会分韵得池字》）"细雨敲窗飘白雾，西山落日醉红霞。"（《秋居终南》）佳作如：

乡　忆

终南山下有吾乡，灞水蜿蜒古韵长。
村远炊烟升紫陌，门前石凳对残阳。
春风鸟叫槐花落，冬雪人闲故事藏。
少小离家今鬓白，时临秋节月生香。

终南山游遇雨有感

初夏田畴惹思长，声声布谷树高扬。
风吹石涧波生绿，雨洗终南杏正黄。
莫叹山中时月淡，且闻盘里鳟鱼香。
几曾抛却官家事，独立峰前啸夕阳。

春寒有寄

一夜清寒入户帏，登台眺望雨侵衣。
落红欲染溪流醉，闲念争如柳絮飞。
风吹竹林传细语，云停南岭待斜晖。
休言陌上无佳处？燕贴池塘草叶肥。

眼儿媚·灞上秋月

（其二）

淡淡清风弄轻柔，时令静幽幽。
夏天过了，花谢叶落，荏苒浓秋。
凭栏怅望终南远，寂寞接田畴。
黄昏横笛，高蝉唱晚，月上西楼。

全集特色多矣，此仅略提三事：其一，感情充沛。集中真情涌动，喜怒于色，悲慨不掩，本文引例可见。情为诗之魂，无情莫为诗，否则无异人丧其魄，形同木偶。不能感于己，何能化于人？大凡名作，无不辞情并茂，或欢愉，或伤痛，或思亲，或怀友，或伤时，或得志，或失意。情深易动人，意浅难为辞。"真宰弗存，翙其反矣""草木之微，依情待实"，岂虚语哉？其二，属心时事。陶轩主身处校园而怀拥天下，不忘忧国，集中关涉时事者如《为大学国文再版而作》《悼念》①《伤万邦》②之类，虽为数不多，亦足见其家国情怀。"文章合为时而著，歌诗合为事而作。"一部作品，设若不知缘事而发，裨补时阙，勇于歌功颂德，怯于揭露批判，逃避现实，远离社会，于人间疾苦、不公、丑恶与黑暗视而不见，噤若寒蝉，则有背为诗之道矣，其影响力必如雨中水泡，多而无澜，雨停即灭。所谓为诗之道，盖《诗·序》所云"正得失，动天地，感鬼神""经夫妇，成孝敬，厚人伦，美教化，移风俗"之谓也。

其三，刻意咏史。集中咏史之作随处可见，诸如《读〈汉书〉》《晋武帝》《五胡乱华》《刘裕》《张良》《屈原》《咏荆轲》《咏季札》《韩信》《岳飞》《秦桧》《咏苏武》《石敬唐》《阮籍》《项王》《赵括》《苻坚》《孔子》《周武王》《姜子牙》《秦始皇》《咏史（十五首）》等，尽皆品评事件，轩轾人物，与古为今。试举其二：

石敬唐

晋代山河曾几秋，石郎千载有余羞。
可怜为做儿皇帝，割尽燕云十六州。

---

① 原序：2015 年 8 月 12 日，天津东疆保税港区瑞海国际物流有限公司发生火灾爆炸，造成上百人遇难的严重后果。牺牲者很多为年轻消防战士。写诗悼之！

② 原序：古城最后一个文化地标"万邦书城"终因付不起租金而关闭了，一个时代的结束了！写诗悼之！

周武王

（其一）

自古精兵不在多，三千甲士倒商戈。
武王如不恤民命，只怕无如殷纣何。

陶轩主信而好古，钟情史书，于《史记》《汉书》《通鉴》烂熟于心，故每化史为诗，另辟蹊径，婉曲其旨，不失为开拓题材之良方，善善恶恶之意亦尽在其中。愚以为古体诗词，意尚高古，辞贵通畅。今日诗坛，不患寡而患不精，不患多而患不通。精不嫌寡，通不惮多。意寡言拙，难为高古；理乖文鄙，岂能远行？千秋名作，意皆高古；万人传颂，词必晓通。熔裁绳墨，文采易近风雅；切磋琢磨，晶莹有如圭璧。语不厌精，思不厌细，音不防词，词不害义。用典失切，语壅塞而不畅；自铸生词，非自注而谁明？不见形象，何以观之？空发议论，孰令听之？用心浮躁，精品难成；急于出手，驷不及悔。大道通行，贵在自然；大匠运斤，不失毫厘。庖丁解牛，依乎天理，故能游刃有余；东方割肉，心无胜算，切勿恣意纵横。《国风》好色而不淫，情合度也；《小雅》怨诽而不乱，是知时也。微乎微乎，不可言传；妙哉妙哉，只可心领。陶轩主既得诗家三昧，又合度知时，游之乎唐宋之源，行之乎诗词之途。秋兴每思老杜，补时慕效乐天，自度踵步白石，凭栏不忘稼轩。拟古知变,别出新意,牢笼百家,不宗一体。人非之而不怒,人誉之而反忧。养根俟实,加膏求明,爬罗剔抉,刮垢磨光。一语不顺,日夜揣摩;一词不合,横刀必割。无怪乎其精品接踵,佳句生辉。循此以往,必能学唐而像唐,拟宋而近宋矣。

陶轩主者,西安财经大学文学院李晓刚教授也。陶轩者,晓刚教授之高斋也。

胡安顺
二〇一八年九月十四日
于陕西师范大学菊香斋

目　录

卷一　陶轩诗词 ………………………………………（ 1 ）

　　七律 ……………………………………………（ 3 ）

　　五律 ……………………………………………（ 64 ）

　　七绝 ……………………………………………（ 72 ）

　　五绝 ……………………………………………（109）

　　词 ………………………………………………（115）

卷二　陶轩诗评 ………………………………………（145）

　　君子贵独立

　　　——简论明初诗人高启其人及其诗 …………（147）

　　哀怨凄婉，情余于文

　　　——从两组诗看清初文人的幻灭感 …………（159）

　　试论杨维桢诗论与诗歌创作 ……………………（165）

　　刚健含婀娜

　　　——高启诗歌理论与创作实践浅析 …………（172）

雕镂之极，渐近自然
　　——《牡丹亭》戏曲语言"雕琢"论 ………… (180)

卷三　陶轩诗论 ………………………………… (189)
从七言律诗的演变过程谈当前古体诗的继承和发展
　　——兼与新诗比较 ……………………………… (191)
陶轩诗话十八则 …………………………………… (219)

跋 …………………………………………………… (230)

卷 一

陶轩诗词

七 律

咏 竹

蓊郁不争花百柔,平川山涧自清幽。
常同梅菊生风骨,岂为娥英①染泪流。
高笛月中谁伴侣,闻香水畔有盟鸥②。
居来慨恨无耕亩,绿荫窗前日夜酬。

注:①娥英:指舜的二妃娥皇和女英。②盟鸥:宋黄庭坚诗:"万里归船弄长笛,此心吾与白鸥盟。"

八九复旦师生群建立有感

人间光景似飞缰,任尔奔腾任尔苍。
半世青春思故旧,一缘庠序①叹参商。
但期换酒金龟子②,愧对流川白发郎。
幸有讯音会南北,三秋梦里醉天簧。

注:①庠序:指古代的地方学校,后也泛称学校或教育事业。

②金龟：原是唐朝高官象征身份的金饰龟袋。贺知章曾以金龟换美酒。金龟子句意谓想成为当代才俊英豪。

浐灞秋来

秋来灞上草虫鸣，枝柳垂杨见藁荣。
霜白东流秦代月，芦黄西照汉宫城。
荷塘风满香渐远，山岭云翻潮欲生。
河畔晚清寒意重，归巢苍鹭雨闻声。

吊余光中先生

乡愁百感一诗肩，家国桑田总相连。
鸿堑①难分王土界，月光同照汉唐天。
尚留遗恨悬孤岛，更托芳魂傍母眠②。
悲莫悲兮长送汝，无言海水浪花牵。

注：①鸿堑：指鸿沟，曾是楚汉分界之地。②傍母眠：余光中母亲埋在江苏武进。曾有诗云要依母而眠。

杨贵妃墓

衣冠①独枕马嵬西，千载佳人梦有栖。
君主无方消怒鼓，妾身曾记舞裳霓②。

秋风绫白悬梁尽，春雨花红空骨迷③。
苔绿青砖④藏秀色，夕阳残照半香泥。

注：①衣冠：贵妃墓是衣冠墓，真身葬何处成迷。②裳霓：霓裳羽衣舞。为唐明皇所创立，杨贵妃最擅长。③空骨迷：马嵬兵变，贵妃草草安葬。第二年明皇派人改葬，竟找不到尸骨。④青砖：传说贵妃冢土是白色的，称贵妃粉，妇女用土搽脸，可使面部细腻白嫩，久而久之，墓越来越小，只好用青砖包砌保护起来。

岁暮有雪（二首）

其 一

谁携情思舞天簧，浅浅深深古韵藏。
才立程门①师道重，又吹谢府②柳花扬。
但翻旧貌迎新岁，愧对流年念故乡。
梦落无声君莫问，皑皑一片是柔肠。

注：①立程门：《宋史·杨时传》："一日见颐，颐偶瞑坐，时与游酢（人名）侍立不云。颐既觉，则门外雪深一尺矣。"②谢府：谢安侄女谢道韫咏雪句曰："未若柳絮因风起。"这里用两个典故泛指自己心绪随飞雪荡漾。

其 二

暂借飞花洗雾埃，心随寒夜任灯裁。
闲敲棋子谁人约，误信门铃故友来。

梦里刚吟新岁景,窗边已是旧时梅。

酒诗愧做长安客,两鬓风吹独叩台。

秋登昭陵

生破①家天死破山②,玄门喋血泪空斑。

六骓夜叫不闻闹,孤鬼秋来最是闲。

司晓牝鸡③才八卦,乱唐祸水始红颜。

寒风瑟瑟游人少,荒峻穷冈任尔攀。

注:①生破:唐高祖李渊曾对李世民言:今日破家亡躯由汝,化家为国亦由汝。②死破山:昭陵在峻山,开唐皇陵凿山为陵的先例。③司晓牝鸡:贞观年间史官预言"唐三代而亡,女主武氏代之"。武则天曾是唐太宗才人。

依韵和炜评教授兼致诸诗友

谁论胸胆酒中生,同气相逢金石鸣。

猖肆何须舒广袖,率真依旧赛祢衡①。

海容千水终无息,道尽三才始有声。

洗却繁华为本色,谑诗戏语挂长庚。

注:①祢衡:三国文士,有文采和辩才,性格率直高傲。

附炜评教授原玉：
《报李耀儒、胡安顺、高益荣、李晓刚四诗兄》

秋声未信逊春声，罄盏霎时豪气生。
谐谑或能增豹胆，猖狂何必拥云英。
羞裁广袖公堂舞，但慕裸身胸骨鸣。
松槿年华同惜爱①，朝歌夜哭自深情。

作者自注：①白香山《放言五首》其五："松树千年终是朽，槿花一日自为荣。"

终南秋意（三首）

（一）

清风淡淡落朝花，雾映终南薄似纱。
蛩叫幽幽苔藓静，鸟飞故故①夕阳斜。
山溪无意过平陌，笔砚存心煮野茶。
台寺②黄昏霜露重，莫言秋雨湿袈裟。

注：①故故：故意，特意。黄遵宪诗："衔雏燕子浑无赖，眼见人瞋故故飞。"蛩，蟋蟀也。②台寺：指南五台，佛教名刹，在终南山上。

（二）

高台隐隐寺相连，蛩冷低吟掩淡烟。
才将落秋①僧拾去，又衔西日鸟归旋。
深泉洌洌咽初月，铜磬②声声闭暮年。
且试野茶和露煮，清风入梦不问禅。

注：①落秋：落叶。②铜磬：和尚敲的铜铁铸的钵状物。佛教法器。

（三）

闲观台院伫风前，老树苍苔闭暮蝉。
霜露才怜几处叶，黄昏已照数间椽。
蛩鸣绿石秋听冷，烟过青云僧欲眠。
尘世莫言山里事，清茶泉水月同煎。

毕业季赠学生

常忆当年离别中，风光人物与今同。
影随高柳留春色，月落西窗醉酒红。
不老华年仍是少，曾经弱冠渐成翁。
此番道远多歧路，粗布金龟①勿折衷②。

注：①金龟：汉代黄金铸的龟纽官印。这里代指官位。②衷：初心。

腊冬诗友古城聚会分韵得池字

瑞雪姗姗恋叶枝,金莎[1]绰约夜星宜。
把樽窗下来新月,分韵灯前做旧诗。
一岁匆忙花叹老,半生沉寂禄嗟迟。
幸今宾友从南北,论道红颜最相知。

注:①金莎:指西安小寨金沙国际广场。

致画家朋友

笔墨随心景色新,从来诗画最宜人。
一轮明月过林苑,半幅河山洗粪尘。
胸志必须云海出,韶华不为少年珍。
梅花有意横窗瘦,秦岭冰残已报春。

为《陕西诗林撷秀》出版暨研讨会举行而作

自古长安重史文,英才高坐论纷纷。
风吹唐阁千般色,诗染东观[1]五彩云。
萧寂百年非圣意,喧嚣举世岂人闻。
深秋赖月澄如水,入梦书香和酒醺。

注:①东观,东汉藏书之所。这里代指故都文化。

致王金洲

丁酉腊月十五晚，好友王金洲突临古都，时值梅雪迎春，又遇百年难现之红月亮奇观，访大雁塔，探母校，留恋眷眷，情义深长。夜半归来难眠，感慨赋诗。

时逢梅雪腊残融，春意初开相聚中。
雁塔留灯诗不老，杏园无迹夜成空。
相知卅载双丝白，难遇百年盈月红。
目送依依君已远，长安燕赵一眠通。

咏　蝉

乱噪只因意难酬，高鸣总是取殃由。
那知物理有盈泰，但对秋风吐恨愁。
露湿一宵独抱叶，生残双翅不回头。
劝君细味履霜语，慎勿哓哓未肯休。

豳[①]行

千载清幽秀叠堆，豳风诗雨伴云开。
石巢有语周人在，白鹤临湖圣母[②]来。
教化生民为稼穑，泽绵社稷孕胚胎。
荫凉常在百年后，善政兴亡不必猜！

注：①豳州：今陕西旬邑一带。周人先祖后稷四世孙公刘在此开疆立国。圣母：指姜嫄，后稷母亲。被认为是周民族的始祖。

看《红楼梦》组曲音乐会
致兰宇、益荣、嘉军

红楼天籁自何吹？乍觉欢欣又忽悲。
慢曲缓歌才迭起，金风玉露已伤迟。
空嗟真假一书泪，赤裸来回几辈知？
幸有佳朋常作伴，高山流水与吾期。

读《汉书》

丁酉岁末，李固①电视专题片摄制组来访，谈古论今，甚欢，以诗记之。

教之化养润泉涓，三代虽亡东汉贤。
戎马君臣倡孝道，节风忠义贯朝天。
杂言万绪儒休后，乱世终归德在先。
莫说俗衰沙泥下，扬清抑浊老根前。

注：①李固：东汉中期名臣。今陕西汉中城固人。

终南抒怀（八首）

（一）面山

儿时有梦独心裁，面向终南①野菊开。
素手尽弹林中曲，石泉柔拂墨香台。
倚栏望月云天外，影动清风绿竹来。
闲约②藜杖探险径，山人醉问岁几猜。

注：①终南：终南山，又名太乙山等，简称南山，是"道文化""佛文化"的发祥圣地，位于秦岭山脉中段，是中国重要的地理标志。②约：准备。

（二）南五台①之一

山脉重重曲径深，隔溪竹后有清音。
登高天碧浮烟远，临寺风香莲瓣侵。
萤照壁幽藏宇静，鹤鸣月满出层阴。
灯前不问空门事，一缕新茶细细斟。

注：①南五台：南五台位于西安南长安区境内约30公里的秦岭北麓，为秦岭终南山中段的一个支脉，佛道名山，因山上有清凉、文殊、舍身、灵应、观音五座台，即五座山峰，故名五台山。

（三）南五台之二

佛家清景豁然来，隐隐松高云际裁。
雾霭绕峰禽欲展，黄昏闭院藕初开。

石泉绝壑入胸透，楚雨秦风洗镜台。
钟磬声声天籁静，欲诗偈语我穷才。

（四）窗前

凭栏独望柳丝长，陌上莺啼碧草香。
一缕白云遮黛色，半山峰仞见苍凉。
石泉冽冽凫①鱼出，古寺幽幽夕照藏。
松间月明花影静，夜风秦岭拂衣裳。

注：①凫：又叫野鸭、鹜。

（五）新居

杏苑新居秀岭前，半为桃李半为缘。
身当耕父闲庸里，心挂青云碧水边。
烟雨有情浇华岁，月星无意对愁眠。
山幽寻觅溪流远，只问苍苔不问禅。

（六）神禾塬

葱茏森冷尽南台①，二水②中分古塬开。
目送秦山云万里，心牵往事柳千栽。
神禾香逝皇辇③去，夕照黄昏华丽④来。
风吹高冈春意晚，独斟月下鹤声哀。

注：①南台：南五台。②二水：指神禾塬北依滈河南临潏河。③皇辇：汉武帝在神禾塬受农人献瑞禾，故赐名神禾塬。④华丽：指夏姬。在神禾塬发现秦始皇祖母夏姬夫人陵墓。

（七）幽篁待故

种下幽篁①又植梅，简疏小筑少尘埃。
梦飞蝴蝶庄生②去，面向终南杏瓣开。
几点墨浓香暮色，一丝云碧过窗台。
清风何处翻诗卷？月映新茶待故来。

注：①幽篁：竹也。②庄生：战国时期道家学派的代表人物，曾梦蝴蝶，醒来不知谁梦见谁。这里比喻和自然亲近。

（八）山中

山凝碧色住青云，烟袅含声梦中闻。
日懒迟迟横树卧，风吹淡淡拂眉醺。
不须浣女歌莲叶，更有渔樵卖鲟斤。
美酒今宵春水醉，柳丝缕缕月殷殷。

秋思（八首）

（一）

蓼回紫陌景空奇，花落飘香蝶下窥。
远郭①烟笼归暮客，漫天思绪绕山逶。
雨敲清梦悠悠长，风入诗词款款吹。
酒后惆肠谁解得？月牵横笛最相宜。

注：①郭：城郭。

（二）

庭中黄叶自飘移，独坐凭栏夜幕垂。

谁叫月牙悬树上？几多苍意入塘池。

驱寒半酒清寥暖，催老残秋年岁迟。

君看高台霜露外，影楼深处远风吹。

（三）

蝉吟暮色闭幽香，落叶频频换旧妆。

雨打竹林寒有意，雾迷庭院夜生凉。

流年悄悄秋荧①短，晓梦依依岁月长。

灯下凭栏方醉酒，风牵衣袖湿柔光。

注：①秋荧：又叫金萤，即萤火虫。

（四）

帷幔轻轻拂面凉，依凭庭院吹衣裳。

刚听夏槿开初蕊，又见金风送早霜。

笛韵箫声寻故旧，秦云楚雨①老秋娘②。

谁家新月窥窗户？灯火阑珊夜未央。

注：①秦云楚雨：唐司空图："秦云楚雨暗相和。"②秋娘：指蝉，知了。

（五）

经春历夏又过秋，相约荷花空碧悠。
风缕匀匀涂陇陌，日轮冉冉起沉浮。
梦中新菊刚开蕊，月下迷津已行舟。
晚闻高蝉声切切，莫倾落叶任西流。

（六）

半洗繁芬半洗陈，正堪窗下酌清醇。
乱花簌簌飞平陌，斜雨轻轻归暮人。
雾锁白云秦岭渡，书成绿梦水波频。
阴暝莫叹禽无影，霁后天涯月色新。

（七）

曲水①秋来景似纱，疏篱红叶映人家。
岸边槐柳重颜色，湖里禽凫觅草虾。
近看小船桥洞过，远飞鸿雁夕阳斜。
西风正理莲心事，月下歌吹叹逝华。

注：①曲水：指西安城区东南部曲江池。

（八）

初坠飞红换季装，残蝉高树上台凉。
梧桐细雨吟秋赋，明月清风瘦雾塘。

窗下梦来人去远,云中鸿叫夜思长。
年年莫负黄花约,凭望蒹葭水渺茫。

秋日陪父母南山游有感

秋日南山惹注眸,驱车揽胜意悠悠。
香随枫菊才初放,心到慈严已晚酬。
庸碌总为功利误,鬓华谁解岁阴流。
樽前犹是童真态,举箸殷殷语不休。

致母亲

一生只为子孙谋,春去人苍意不休。
教化孟氏先择处,事临陶母①有划畴。
身无薪俸予贫富,貌见慈心礼佛周。
门口风吹银发疏,闻车响动探窗头。

注:①陶母:指晋陶侃之母亲,善于教导子女。

石 榴

清欢独处院前幽,不与桃荷竞杰优。
绿叶无心描夏景,红巾有梦结籽柔。
芳衣褶叠时光老,细雨漫蘼岁月稠。
待到中秋窗上望,晶莹寄语为君酬。

乙未大年三十侍疾老父床前有作

年关忽替父尊忧,辗转奔波虑不休。
侍疾床前夜未尽,承欢膝下孝难酬。
半生总为浮云滞,满鬓才知岁月流。
一勺药汤辞旧岁,殷殷爆竹问西楼。

秋 感

洗尽繁华到淡容,阅秋才觉自平庸。
身如浮叶随流水,性爱寒林任响蛩。
室陋常怀王粲①念,剑珍难遇季君②逢。
莫言烟雨风侵切,黄老蒹葭画意浓。

注:①王粲:东汉末年文学家,"建安七子"之一。②季君:即延陵季子。史载:季札北过徐君,徐君好季札剑,季札心知之,还至徐,徐君已死,于是乃解其宝剑,系之徐君冢树而去。这里喻知音难觅。

读纳兰性德①《饮水词》②

天籁清音尘外思,冰心秀逸两相宜。
情从孤独情因厚,语到平常语亦奇。
纵使人生如初见,依然梦里忆当时。
掩书浩叹君不永,既降英才何妒之?

注：①纳兰性德：满洲人，字容若，清代最著名词人之一。②《饮水词》：是纳兰性德词集。时人云，"家家争唱《饮水词》，纳兰心事几人知？"可见其词的影响力之大。

读《周书·庾信传》

出使廷争与国呼，城摧君辱妇为奴①。
千金纵可赎妻聚，半夜依然哭意诛②。
朝退侯门周粟厚，雁飞江汉楚魂无。
晚来怕读苏卿③传，灯下风吹雨打吾。

注：①出使二句：庾信出使北周时，故国后梁被北周军队攻破。②意诛：诛心也。庾信虽做周臣但心怀故国。③苏卿：指汉代苏武，虽被匈奴流放北海牧羊，但心怀汉朝，忠贞不贰。

晋武帝

晋武荒淫不觉危，五胡叠乱起边陲。
鞭驱帝女凌冠冕①，血溅残阳啸虎黑。
一去羊车②春梦后，独留遗子虏奴③时。
废兴有意时光老，日夜乾坤慎莫欺。

注：①冠冕，代指帝王将相，豪门贵族。②羊车：武帝后宫既多，常乘羊车幸之。③虏奴：西晋怀、愍二帝皆被俘获为奴。

五胡乱华

盛败蛛丝细细寻，溃堤蚁穴漏河深。
骄纵只合笙歌死，膜拜谁听佛者箴。
商纣①九牛无敌手，夏王②一醉有琼林。
五胡嗣华莫悲恨，天道人心慎勿侵。

注：①商纣：指商纣王，史载其力大无穷，能倒拽九牛。②夏王：指夏桀，荒淫无道，曾因酒池肉林而亡。

刘 裕

天降英豪始贱之，母亡①父弃最衰卑。
报恩常忆邻家乳，贩履难忘腹里饥。
奋起②垄田光晋汉，靖除中土逐熊罴。
乾坤未统终留恨，千古遥倾酒一卮。

注：①母亡：刘裕出身卑微，产时母死，父欲抛弃，后为邻母所乳。②奋起句：刘裕灭后燕、后秦，几统中原。

张 良

百二铁椎砸仗行，震惊天下匿平冈。
桥头半跪先呈履①，腹里千谋后说王。

慕道即从仙子隐②，奇功自惹帝君防。

赤心韩国③规宏业，神授刘家山水长。

注：①先呈履：指张良尊黄石老人为师，受《太公兵法》。②仙子隐：汉朝建立，张良为消除刘邦猜忌，从道人赤松子游。③韩国句：张良本是韩国贵族，为复韩国而出。

屈 原

外使内修勇自当，善辞才美缀华章。

身从帝裔名操贵，志振南天霸业扬。

君主玉颜迷郑袖①，周公②金匮悟成王。

何为一贬纵轻死？明月西沉楚国亡。

注：①郑袖：楚怀王宠妃。②周公句：周公受流言而出逃，后成王在宫中金匮里，发现有周公要替父亲武王死的祷辞而醒悟，迎接周公回朝。

咏荆轲

挥辞太子上孤舟，芦荻风吹易水流。

击筑白衣①唱生死，冲冠雄发报恩仇。

气吞声裂咸阳殿，血溅图穷匕首头。

莫说匹夫功不竟，秦王霸业两朝②秋。

注：①击筑白衣：荆轲去刺秦王，高渐离击筑，燕太子丹等白衣白帽送之。②两朝：两代。秦仅传二世而亡。

谒周公庙①

凤凰山②上凤凰空，游客依然拜圣公。

祠庙流香清韵袅，国家兴运德泉③通。

治平乱世更万象，施教诸华趋一同。

凭吊晚来无限意，甘棠树下有遗风。

注：①周公庙：位于今陕西省宝鸡市岐山县。②凤凰山：亦称凤鸣岗，在岐山县城西北，《国语·周语》"周之兴也，鸣于岐山"，"凤鸣岐山"之典故即出于此。山下有唐代所建周公庙。③德泉：指庙院内润德泉。相传泉水涌流，则国泰民安，泉水枯竭，则时局动乱。

咏季札

春秋寡义纪纲衰，天使贤良起远陲。

却国①高风蛮俗易，怀仁诚信大德遗。

慧心洞鉴九州乐②，高义孔彰十字碑③。

残墓已无生死剑，千年明月望相期。

注：①却国，让国。季子有让国之美誉。②九州乐：季子出使中原列国，能洞鉴各国音乐所包含的深远蕴涵。③十字碑：传季子墓前有孔子手书十字"呜呼有吴延陵君子之墓"。

游太史公祠

董狐①绝调史公弦,铁石丹心笔似椽。
一旦蒙羞蚕室后,千秋彪炳汗青前。
挥毫入骨昭今隐②,犯上救陵③追古贤。
落日祠堂风寂寂,殷殷明月诉陈年。

注:①董狐:春秋时晋国的史官。敢于秉笔直书,不阿权贵。②昭今隐:指司马迁敢于揭露汉天子之隐私和污行。③救陵:指犯龙颜救李陵。

韩 信

不识君王貌色鸷,淮阴常为弱庸稽。
登坛肃穆先封将,蹑足①萌戳始霸齐。
一饭千金②恩可报,百谋孤鬼梦难栖。
死生勿怪萧丞相,且看陶朱③泛五溪。

注:①蹑足:史载韩信求为齐王,刘邦本不与,张良蹑足耳语,不得已而授之。②一饭千金:韩信微时,有漂母给他饭吃。后韩信封楚国,赐漂母千金。这里指韩信只有知恩图报之小智慧。③陶朱:指范蠡。

潼关怀古

自古雄门最壮游,河山表里一关收。
雨烟不尽晋秦暗,沙渚无边芦荻秋。
群岭连绵通海域,十城①相拥卫王州。
长廊夜晚风吹紧,三水②东流岁月浮。

注:①十城:古称潼关有十二连城。②三水:指潼关脚下洛河、渭河和黄河。

秋登五丈原①

五丈原头百感生,千山犹响铁铮铮。
尽忠大业酬三顾,效命微躯统万兵。
木马②才流川蜀道,夜星已落汉军营。
废兴自有天时待,成败岂能论孔明。

注:①五丈原:位于今陕西省宝鸡市岐山县。三国时期,诸葛亮屯兵五丈原与司马懿隔渭河对阵,后因积劳成疾病逝于五丈原。②木马:指木牛流马。为三国时期诸葛亮发明的运输工具。

登潼关山河一览楼

风吹层阁四窗空,寒雨连河尽向东。
霜染蒹葭秦晋断,地依华岳脉神通。

雄鸡声厉划金色,烽火烟孤锁帝宫。

故垒潇潇旌帜动,弃繻①徒羡出关功。

注:①繻:汉代一种用帛制的通行证。汉代终军弃繻出关出使南越建奇功。

重游潼关致胡安顺教授

重上雄关已晚秋,眺望天地意悠悠。

千年风雨蒹葭老,百折渭黄西岳流。

但觉狼烟惊巨寇,何曾铁锁护皇州。

山河欲问安邦策,仁义民心自有谋。

岳 飞

宋皇无力统山川,中土沉沦尽帐毡。

一自黄袍登殿后,终防将帅拥兵前。

嗟呼刺血唯家国,太息陨身才壮年。

孤冢栖霞①游客吊,满江红泣夕阳天。

注:①栖霞:指杭州栖霞岭,岳飞墓在栖霞岭南麓。

秦 桧

盗邦先自盗贤名,立赵①高词犯虏兵。

事落史前奸孽骂,字嗟②秦后宋书行。

一伤忠烈多阴鸷,始见祸心包恶狞。

西子湖边虽铸跪,江山时有乱云生。

注:①立赵:靖康末,秦桧曾上书金人,要立赵氏后人为帝。②字嗟:秦桧曾创立宋体。

乡 忆

终南山下有吾乡,灞水蜿蜒古韵长。

村远炊烟升紫陌,门前石凳对残阳。

春风鸟叫槐花落,冬雪人闲故事藏。

少小离家今鬓白,时临秋节月生香。

游曲江

谁让诗绫雨后呈?风新天白鸟深鸣。

野凫展翅飞未起,湖草生花香有声。

一醉篱笆浮杂去,独看垂钓菟裘①萦。

何时了却官家事,破帽甘庸自灌耕。

注:①菟裘:古邑名。在今山东泰安东南。《左传·隐公十一年》:"使营菟裘,吾将老焉。"后世因称士大夫告老退隐的处所为"菟裘"。

春 思

一年不觉又春催,浅水融泥翠柳裁。

雨后新莺飞屋苑,月前旧思晾窗台。

频吹花气时光老,欲忆青葱梦里来。
且把好诗呈故友,酒浓吟诵胆胸开。

秋居终南

喧嚣远避岭南家,景色秋来爽气嘉。
细雨敲窗飘白雾,西山落日醉红霞。
一川黄叶一川思,半水寒烟半水纱。
依竹近听虫切切,梦随云月绕天涯。

终南山游遇雨有感

丁酉初夏,与兰宇、益荣、嘉军诸友赴终南山游,避雨终南山中农舍,晚归。写诗记之。

初夏田畴惹思长,声声布谷树高扬。
风吹石涧波生绿,雨洗终南杏正黄。
莫叹山中时月淡,且闻盘里鳟鱼香。
几曾抛却官家事,独立峰前啸夕阳。

追思牛蓝川[①]先哲

灞河流韵古遗村,秦岭巍巍圣达门[②]。
终世胸怀天下计,大儒学问帝乡尊。
读耕只为传身教,富贵何须过眼痕。
儿小常翻庄后院,至今犹忆老槐根。

注：①牛蓝川：牛兆濂也。生于蓝田县华胥乡，清末关中大儒。《白鹿原》中朱先生原型。②圣达门：指牛先生出生在历史文化意蕴丰厚的地方，其行为规范直追古贤。

登故乡杏花岭①

春风一缕草萋萋，寻景攀登越谷溪。
村口柳眉裁细叶，岭头杏雪护新泥。
故居曾忆儿时梦，田垅谁耕三月犁？
暮送归人山寂寂，灞河日夜过东西。

注：①杏花岭：杏花岭在陕西蓝田华胥镇。

痛悼霍松林①先生

（一）

星落秦山渭水悲，鹤归庭寂帐空垂。
音从唐格嗟难续，身秉松操誓不移。
遗著香飘云霁月，高坛波涌曲江池。
莫临银杏坡②头看，惆怅春风已隔期。

注：①霍松林：陕西师范大学终身教授、中国古典文学专家、文艺理论家、诗人。②银杏坡：霍先生之住所也。

（二）

秦岭风吹陕地空，长安冷月念诗翁。
唐音一脉挥文墨，降帐连几接马融①。
杏苑四年师缘②少，圣人三立敬心同。
莫叹云暗残更尽，沐浴桃花细雨红。

注：①马融：东汉儒家学者，著名经学家，曾设帐授徒，门人常有千人之多。这里代指霍先生。②师缘：作者曾为陕西师范大学中文系80级学生，有幸聆听霍先生讲座。

赠　别

送友辞归意难收，灞河两岸入初秋。
一川烟雨关春色，千柳枝条系眼眸。
人世常思年少事，时光总在落花头。
暮风细细霞飞远，依旧诗情月下流。

滕王阁辞张庆胜

依依辞别赣江长，垂柳蝉鸣夏未央。
西岭①匆匆吹雨落，梅湖静静敛荷香。
盘恒终日人犹健，相忆十年鬓已霜。
千载鹜霞常作伴，滕王阁上再倾觞。

注：①西岭两句：西岭与梅湖皆为南昌历史名胜。

贺兰宇公子兰泽清大婚

笑染儿女蜡烛红,秦山洛水一缘通。
梅花雪送清清韵,兰院香来静静风。
宜室宜家前世赐,相亲相爱此生同。
翁姑畅遂心头愿,情满元春醉酒盅。

致画家周晓

吾友周晓善丹青,气豪爽,重朋好义,有战国孟尝君之风,赋诗赠之。

君本丹青慕孟尝①,豪游天下走苍茫。
扣虱闲坐无凡客,对弈敲枰有雅香。
千朵云山毫墨出,万家灯火月星藏。
画诗自古缘同道,共染清风过汉唐。

注:①孟尝:指战国齐国公子孟尝君。

贺潼关诗词大会兼为爽约致宏弟君

潼关诗词大会特邀余作点评嘉宾,余幸然欣然。后因冗事爽约,歉然怅然久之,写诗致之。

雄关自应咏歌之,春到人间最当时。
华岳破云日将出,三河波涌思方滋。

众贤共举兰亭会,独我难言爽约辞。

却送诗情呈故友,清风殷切两相知。

欣闻金洲任河北国控集团董事长写诗赠之

生就三秦燕赵功,男儿本色驾长风。

从商范蠡①五湖外,扬誉端木②四海中。

杏苑依稀吾渐老,异乡寂寞汝更雄。

西京明月待君返,虽醉高歌亦尽盅。

注:①范蠡:越王勾践谋臣,后弃政从商,号陶朱公。②端木:端木赐,字子贡,孔子学生,善于经商。

秋夜闻古筝有寄

窗外高低落叶移,秋凉正是雨多时。

香寻流水菊花瘦,镜照苍颜白发知。

鲁酒①一杯无厚薄,苏君②半世不相宜。

燕山千里琴弦意,灯下沉吟我思迟。

注:①鲁酒:《淮南子》云:"楚会诸侯,鲁赵俱献酒于楚王,鲁酒薄而赵酒厚。楚之主酒吏求酒于赵,赵不与,吏怒,乃以赵厚酒易鲁薄酒,而楚王以赵酒薄,遂围邯郸。"意谓无辜受冤。②苏君:指苏轼,一生不合时宜。

贺同学于保均公子大婚

荷花并蒂映相红,爆竹声声送好风。
缘结航天初夏暖,婚成秦晋毕生同。
宜家宜室如宾友,鼓瑟鼓琴随始终。
半世欣从心底愿,凤凰楼上醉斯翁。

贺薛养贤女公子大婚

十月金秋连理生,薛家有女结婚盟。
素心[①]款款移闺阁,文雅[②]彬彬赞令名。
百世良缘由凤缔,一生佳偶自天成。
高杯同贺寄新侣,爱铺前途携手行。

注:①素心:指新娘薛心素。②文雅:指新郎苏文。

某乒乓球教练"升职"有感

酉鸡初夏,功勋乒乓球总教练刘国梁突被无由"升职"乒协副主席,舆论哗然。写诗叹之。

功业由来忌满盈,银球飞舞少分明。
蝼蚁常溃千水堤,刘宋空凭万里城①。
连夜十牌催岳帅②,无才六国任苏卿③。
欧公④晚来修诗稿,不畏今人怕后生。

注:①万里城:刘宋大将檀道济被执,目光如炬怒曰:"汝自毁长城!"②岳帅:指岳飞。③苏卿,指战国说客苏秦。④欧公:史载欧阳修晚岁常苦修旧诗稿,曰:"吾怕后代议我!"

春寒有寄

一夜清寒入户帏,登台眺望雨侵衣。
落红欲染溪流醉,闲念争如柳絮飞。
风吹竹林传细语,云停南岭待斜晖。
休言陌上无佳处?燕贴池塘叶草肥。

登 高

静水才沉夏日嚣,雁飞云淡碧天遥。
文随秋雨惊黄叶,人上高台见寂寥。
佳士从来知契少,风流总被浪花浇。
重阳九月霜芦染,一曲离觞①任晚潮。

注:①离觞:离杯。

无 题

朦胧灯影上窗帏，隐隐高楼半月稀。
欲剪梅花铺尺素，更垂长夜试新衣。
庄生有梦功名淡，季札①无言生死祈。
独凭阑干霜湿重，春风约醉不相违。

注：①季札：春秋吴国公子，与徐国国君有死赠宝剑之佳话。

曲江新春

娇黄新嫩换时妆，一夕枝花暖树塘。
才见野凫亲曲水，又怜归燕绕回廊。
风吹杨柳三分绿，月落星河四季忙。
坐爱独沽平陌暮，春山约醉夜生香。

终南二月有寄

二月终南最空幽，雪融土软待行游。
鸟鸣柳上望春色，日落山横惹客眸。
小院无人花自绽，池塘半影水西流。
晚来独坐松风起，星汉悠悠岁月稠。

为金洲发来余旭①合影照兼悼英烈而作

天地凋零渐履霜,河山万里见秋殇。

云空曾忆金孔雀②,日月融生火凤凰。

白菊有心魂魄祭,蓝盔偏爱女儿装。

茫茫寒夜君何在?留照珍成遗照藏。

注:①余旭:中国第一代歼10女飞行员,训练中牺牲,追认为烈士。②金孔雀:余旭在八一飞行表演队中代号为"金孔雀"。

咏苏武

苏武牧羊北海①边,节旄②落尽大沙前。

白头③渴饮冰山雪,疏齿饥吞草地毡。

塞雁④迢迢飞上苑,寸心耿耿对苍天。

汉家皇帝恩情厚,尚有遗孤度暮年⑤。

注:①北海:现贝加尔湖一带。②节旄:符节上装饰的牦牛尾。③白头:指苏武被扣留十九载,渴饮雪,饥吞毡,备尝苦辛。④塞雁句:苏武滞留不归,汉使言天子上林打猎,射一大雁,足系帛书,言武在荒泽中,单于乃放归苏武。⑤汉家二句:苏武归来,唯留一子又不幸受牵连被杀。后宣帝派人赎回苏武在匈奴遗子。

秋登神禾塬

一川衰柳平天断，北拥关城眺岭秦。
太乙①半横收暮色，二河②中分送秋尘。
神禾③霜重蝉鸣尽，汉墓西残鸟落频。
独坐风寒牵古意，林幽鹤影月空新。

注：①太乙：太乙宫，在秦岭山下。为汉唐时期达官贵族避暑歌吟的雅境。②二河：指神禾塬前后环绕的潏河和滈河。③神禾塬：在古城西安东南，隔樊川与秦岭相望，是长安著名古塬。

自嘲

常思书剑伴吾游，明月清风缕缕悠。
一醉烂柯归梦倦，半生名利作心囚。
文章纵他凌云笔，诗句怜吾潘鬓①秋。
陌上少年吹暮色，烟波深处岁阴愁。

注：西晋潘岳《秋兴赋》序中有"余春秋三十有二，始见二毛"，后因以"潘鬓"为中年鬓发初白的代词。

山中寄友

秋情未尽泻秦川，霜竟终南最相怜。
游客正思冰雪落，黄花已漫碧云巅。

岁阴有意伤华物，山里无人付素笺。

目送晚来西照去，夜深窗外月盈弦。

初七与益荣兰宇兄观秦腔《蝴蝶杯》有寄（二首）

（一）

鼓锣声唤古时妆，老少秦腔意欲狂。

乡语千年羁异客，长安八水绕宫墙。

台前蝴蝶[①]金杯梦，戏外人生岁月茫。

今晚与君倾醉卧，清风吹笛月为场。

注：①蝴蝶：指《蝴蝶杯》，秦腔经典名剧。

（二）

东风缕缕晚来香，千载秦腔正宛扬。

蝴蝶一杯结缘去，月轮半夜入舟藏[①]。

戏文高唱思乡土，帘幕低垂锁汉墙。

初放华灯天地醉，古今往事尽倾觞。

注：①舟藏：即《藏舟》，秦腔《蝴蝶杯》中著名折子戏。

春雨登南五台有寄

登高始觉逸襟开，绿树红花任意裁。
目送碧云飘渺去，心迎春雨咏思来。
芳香淡淡秦川静，青岭绵绵暮色催。
隔水问途声切切，风烟深处有苍台。

山 居

平生山水最知亲，不去常留自在身。
烟袅树梢霞染壁，雨飘石径绿铺春。
柴门半掩西峰顶，明月盈倾醪酒醇。
风过纹枰弦指动，幽幽苔藓待归人。

戏 醋

酿后糟糠亦闻香，古来秘制自麸粮。
醇融河渭千泉水，酸到身躯百转肠。
常佐肉蔬登府宴，每牵男女比情伤。
谁谓无酒难成席？多味人生最早尝。

新 居

新居邻靠馆楼①旁，倚望时闻古韵香。
借得千年雄塔②势，引来一水曲江长。
心清不觉门繁杂，天远还需鸟骋翔。
携酒故人归夜醉，芙蓉花月过东墙。

注：①馆楼：指陕西历史博物馆。为一组仿唐宫殿群。②雄塔：指大雁塔。

贺《陕西诗林撷秀》出版兼致李会长诸贤

帝都文统远悠垂，国盛诗词自相随。
周礼采风三月日，韩公载道八朝时。
殚思竭虑非平淡，沙洗淘金始好奇。
莫说世情人不古，秋高万里墨香吹。

围棋兼寄玉琛兄（二首）

（一）

尧皇①为此启丹朱，自古纹枰智者娱。
精滤清风过竹径，残棋明月挂江湖。

两相对手输赢淡,一梦柯山②岁月殊。

今夜柴门春水绿,闲敲旧谱待君呼。

注:①尧皇句:传说尧为教导儿子丹朱而发明了围棋。②柯山:指烂柯山,在浙江衢州。传晋人王质进山砍柴,看有童子在下棋,一局未了,发现砍柴的斧头都烂了,回到故乡同时代的人都故去了。后人就叫此山为烂柯山,而"烂柯"常喻岁月流逝,人世沧桑。

(二)

妙思神机起帝虞,纹枰论道智仁趋。

两颜黑白分天地,半目浮生见有无。

聚静云霞珠玉落,平常胸胆败胜殊。

今宵棋子轻轻敲,明月如钩挂碧壶①。

注:①碧壶:碧玉壶。这里代指茶具。

三月有画(三首)

(一)

欲与仙姑画淡妆,心思泼墨柳枝长。

嫩芽怯露新衣薄,云鬓轻描粉底霜。

吹破胭脂凝绿水,鸣啼黄鸟送清香。

金樽写意千山醉,风做飘丝月为裳。

（二）

二八佳人弄管弦，清音宛转远如烟。
千丝灞柳垂天外，万种心思付月前。
肤若凝脂吹欲破，眼含碧水笑宜怜。
流红花落春渐去，细雨柔风对独眠。

（三）

东君殷软换年华，烟淡垂杨薄陌纱。
才见雏凫划旧水，又怜紫燕入新家。
一园胭粉桃含意，半梦幽思月空涯。
好友时来共畅语，画眉窗下品今茶。

读《秦腔史》致高教授①

少小乡思惹梦愁，夜场星淡戏中楼。
鼓锣有意空村落，兴败无言哭汉秋。
响彻秦关千地动，苍茫帝国八河流。
风翻书页花香墨，月醉台前唱晚舟。

注：①高教授：指陕西师范大学文学院高益荣教授。《秦腔史》作者。

寄同窗王金洲

忆友常思卅岁前,桃开似酒柳如烟。
青葱羞涩传媒介,杏苑尽情洒诗笺。
临别匆忙豪语送,重逢难舍故乡牵。
年来往事频频梦,月下欢歌醉里眠。

赠李会长①

飘逸多才任自然,诗情画境紧相连。
长安明月邀太白,魏晋清风吹七贤。
道尽韩公文意重,音随雅颂品操坚。
敬翁倾酒扶墙醉,流水高山结古缘。

注:①李会长:指李耀儒,陕西诗词学会常务副会长,诗琴书画皆通。

赠李耀儒诸前辈

丙申四月,与益荣兄及李会长、宗振龙二前辈相聚小酌,相谈甚欢。写诗赠之。

年长犹能事必躬,德高才显望声隆。
欧阳有意携今辈,韩愈无私说道风。
曲尽人情槐荫草①,文从琴韵白头翁②。
相逢语兴倾觞饮,四月融融醉酒红。

注:①槐荫草:指宗振龙,长安诗人,有《槐荫草》多部诗曲集。②白头翁:指陕西诗词学会常务副会长李耀儒,满头银发,多才多艺。

清明问春

清明才过感风凉,叶茂花凋意徜徉。
夜雨有心敲远梦,影灯无绪对幽篁。
溪流不忍胭脂色,平野谁人菜籽黄。
凭眺问春来岁事,山前半月两茫茫。

窗前望山

昔吟杜子西窗雪,今望终南屋下云。
青岭幽幽禅径隐,碧泉汩汩草柔熏。
心随万里晴空去,风吹千丝香柳闻。
夜晚竹林流月色,荷锄诗种细耕耘。

山前有寄

相望秦岭景如裁，扑面秋情秀丽开。
一垄麦田随绿去，两排柳树送黄来。
山空浅水多歧路，云白深林见佛台①。
天暮斜阳心倦倦，月明风淡洗尘埃。

注：①佛台：指终南山佛家名刹南五台。

七夕有寄

三月春花远似烟，重重绿色画秋扇。
紫燕曾约双双宿，碧荷有心朵朵牵。
才觉浮生知己少，又惊终夜梦魂煎。
天涯倦客相思泪，脉脉银河可渡船。

柳

偷来梅色一丝柔，早为三春巧画筹。
情满离人辞别酒①，腰纤②红粉楚宫愁。
零飘烟巷无教惜，枉费妆眉③几许羞。
凭眺相并④年岁暮，管弦明月上西楼。

注：①辞别酒：折柳赠别，古人心肠也。②腰纤：比喻美人柳腰纤细。《韩非子·二柄》：楚王好细腰，宫中皆饿死。③妆眉：古以柳叶眉为美人标志。④相并，众多也。

终南荷花（三首）

（一）

半夏京城热浪倾，彩天丝绕碧空清。
黄莺不管春天誉，水荷连承太乙①横。
游客如云防暑闹，蜻蜓有梦弄花茎。
香瓜风吹时令好，一片蛙声月正明。

注：①太乙：终南山。

（二）

幽孤山下等闲看，送过繁花静问安。
浅映终南水清横，深依并蒂荷红欢。
含香叶露晶几坠，陌染西霞色欲漫。
一季时光君切记，莫观风雨起秋澜。

（三）

露晶牵衣闻幽香，晓看娉婷①正画妆。
绿水伴随姿玉洁，霓裳飘吹月昏黄②。
桃花浓染三春去，蝉翼轻鸣夏梦长。
远眺终南眉似黛，半池星汉夜苍茫。

注：①娉婷：喻女子姿态姣好，此处指荷花。②月昏黄：语出宋林和靖《咏梅花诗》："暗香浮动月黄昏。"此处喻荷花高雅清新。

秦岭七十二峪（二首）

（一）

秦山①七十源生峪，环绕群星拜帝仪。
碧水映藏唐苑月，春风吹绿汉宫池。
脉冲②南北从天分，绵长东西自古奇。
知我今来殷致意，千沟万壑草滋滋。

注：①秦山句：秦岭北麓七十二峪最知名，如群星环绕朝拜长安帝都。②脉冲句：意谓秦岭为中国南北气候及人文地理分界，山清水秀皆因七十二峪脉润滋养所成。

（二）

斜峪①深藏千山中，宛曲纵横绕帝城。
满岭花开唐汉色②，半轮月送雨风情。
霞云无意闲闲过，桑亩精心细细耕。
群壑翠生春几度？溪流汩汩啭黄莺。

注：①斜峪：秦岭北麓多峪，有名者七十二峪，环绕长安都城。②汉唐色：七十二峪名胜古迹甚多，汉唐风韵犹存。

立 秋

一丝窗雨送清凉,小院时闻淡淡香。

无绪落英伤别去,有情幽梦寂寥长。

长安花下小居士①,南国春归老杜娘②。

莫怨炎炎枝上闹,西山横笛尽吹霜。

注:①小居士句:宋欧阳修号六一居士,有诗云:"曾是洛阳花下客。"这里有慨叹年华之意。②杜娘,指唐江南才女杜秋娘。有《金缕衣》诗云:"花开堪折直须折,莫待无花空折枝。"这里喻叹春惜时之意。

四月眺望(二首)

(一)

临窗时听鸟深鸣,远眺闲云绕黛轻。

碧水蜿蜒坡下过,高桥飞渡岭山迎。

春看日落关金色,花送书香感月清。

风雨几经辞旧岁,年年桑陌细耘耕。

(二)

桃红过后春闲静,杨絮轻飘柳满川。

燕子绕庭衔泥并,柔风入户对香眠。

半池落蕊辞行客,一梦幽思待碧莲。
窗下夜空青竹响,月明如旧照桑田。

神禾塬怀古

南郊神禾塬西安财经大学新校区发现秦始皇祖母陵墓。写诗以记之。

平川萧寂渐清凉,眺望终南古意长。
风吹雁行归暮空,气凌霜色动昏黄。
断碑不识秦皇母[①],残月依然汉墓墙。
灯火阑珊寒露浸,二河[②]正绕疏星冈。

注:①秦皇母:秦始皇祖母夏姬夫人葬神禾塬。②二河:指神禾塬北潏河、南滈河。

桃 花

迎春殷切意情周,岭上坡前蕊凝眸。
偷去白梨三分醉,送来绿柳万丝柔。
浮生[①]尽语迷繁闹,痴梦皆谁解怨幽?
紫燕[②]双飞桃子小,一池花落雨烟稠。

注:①浮生句:意谓举世都认为桃花喜欢繁闹,谁人解其幽怨之梦?②紫燕句:意谓燕子双飞时,青桃尚小,而桃红已随水不知踪影。

为《大学国文》再版而作

淡云天朗菊花芳,书页轻翻闻墨香。
世俗欲为除旧弊①,春秋②始识费思量。
道传③韩柳随流去,酒醉南朝遗韵长。
谁论古调诗意绝,清风明月漫高堂。

注:①旧弊:指社会上"国学"的遗失。②春秋:双关意,一指编书的时间;二指孔子写《春秋》,最讲"微言大义"。③道传两句:意谓韩愈柳宗元"文以载道"其实不足贵,南朝(六朝)表达真性情的文学才是真文学。

悼岳母

噩耗传来夜正寒,云遮半月五更①残。
儿孙有意为亲孝,天地无言送母安。
明礼慧心巾帼秀,裁衣飞线乐琴弹。
相违生死新辞岁,《蓼莪》②灯下泪未干。

注:①五更:古称寅时,夜里3—5时。②《蓼莪》:《诗经》第一首孝亲之作。

终南格桑花

轻纱薄雾掩田畴，寂寂格桑竟杰优。
色染深秋山欲醉，风吹花蕊雨更柔。
终南清露衣边湿，池里寒蛩叶下啾。
莫道晚来知己少，何时月笛上西楼。

赠金洲

羞同廉蔺①报心酬，杏苑初逢四十秋。
我恋故乡多寄意，君登燕赵斥方遒。
时光淡淡百年短，山水重重万里悠。
今到长安求一醉，忆歌青少赋风流。

注：①廉蔺：指战国赵国廉颇、蔺相如，二人结"刎颈之交"。

为大学同窗常宁宫聚会而作

萦怀重聚尽朝东，别思卅年初夏融。
鬓角新添青发白，杏园旧梦碧荷红。
半轮常宁①山头月，一缕长安柳下风。
云雾绕身登石上，终南深处见苍穹。

注：①常宁：常宁宫，又称蒋氏行宫。在终南山下。

寄友人

自古文才皆有因，半为禀赋半红尘。
箫随月溶传天籁，雪映梅妆画早春。
沧海有泪无题出，楚天失语屈子真。
酒醒寒梦何由达？山水依依遇故人。

参加省诗词学会年末总结会致孟、李二会长兼诸诗友

漫论江左隽词工，千载长安歌自雄。
文诵雅骚寻古道，诗经李杜见苍穹。
汉唐才送陈年月，秦岭正吟今日风。
梅雪邀贤春意至，且将高韵献元戎[①]。

注：①元戎：本指主将，这里代指陕西诗词学会孟建国会长等。

赠画家周晓

甲午新春与周君小聚长安画苑，周君南下学艺数载，画技大长。共饮微醺，写诗赠之。

瑞雪迟迟梅掩魂，帝都千载气云吞。
人生半世知天健，酒过三巡醉地坤。

张翰①南思鲈菜脍,子山②北上笔锋敦。

相逢感遇评曹禁③,明月窗前再满樽。

注:①张翰:晋人,在洛阳做官,因思江南名菜鲈鱼脍而毅然挂印南归,这里反用其意。②子山:庾信也,南北朝著名文学家,由南滞北,老年辞赋欲发苍劲雄健。《枯树赋》为暮年名作。③曹禁,指三国人曹操和于禁。曹操曾说和于禁相知三十年临事反不如庞德。这里反用其意。

甲午腊八聚会寄友

新春暗自腊寒生,半缕清风送月明。

听笛已成前日事,访梅还赖故人情。

但期醉酒谪仙①客,愧对流年苏子②卿。

难得友朋浮世乐,踉跄谑语尽欢倾。

注:①谪仙:唐李白。杜甫诗云:"李白斗酒诗百篇。"②苏子:宋代苏轼,《水调歌头》词曰:"人生如梦,一樽还酹江月。"

怀 人

庭中黄叶自怜移,独坐凭栏夜幕垂。

谁叫月牙悬树上?几多苍意入塘池。

驱寒半盏清秋暖,唤醒浮生年岁迟。

莫道天凉云雾重,灯楼深处紫箫吹。

酷夏寄远

窗下云过岭色涂，天空流火汗蒸吾。
一川黄麦刈收去，千里秦山变化殊。
曾见朱颜醉岁月，已无心绪对须臾。
晚来独坐灯阑落，月动风清转竹榆。

平陆湖看天鹅

甲午初春，与友人赴山西平陆黄河湿地天鹅湖，但见湖面波光粼粼，千余只西伯利亚白天鹅飞越数千里来此游弋嬉戏，周围群山连绵，芦苇环绕，不由令人心旷神怡，顿生世外之思。

去岁梅花已逝风，踏青寻觅雾蒙蒙。
千鹅嬉戏平湖暖，万壑连绵秦晋同。
飞絮黄芦接陌上，破云春日挂林丛。
相逢失态君莫笑，举杯倚楼醉白红。

无　题

寂寂胸襟对暮开，沾衣草露独登台。
中秋明月无情去，风雨蒹葭伴梦来。
霜染平川人思切，鱼传[①]锦字水徘徊。
酒倾千念今宵醉，灯影婆娑随意裁。

注：①鱼传：古云鱼传书信。

赠友人

乙未初夏，友人由冀回秦，重逢甚欢，小酌微醺，夜游母校、大雁塔、曲江南湖，长夜畅谈。写诗记之。

客子千行念故乡，依稀杏苑①柳丝长。
风摇铃塔灯无影，月照南湖②夜未央。
同榻唏嘘年岁去，浮云荏苒鬓边霜。
且倾樽下先君醉，拊击③高歌任我狂。

注：①杏苑：杏园，指母校陕西师范大学。②南湖：唐代曲江遗址也。③拊击：敲打瓦罐。

春夜寄金洲明君及燕赵诸同窗

忆旧常思卅岁前，桃开似酒陌如烟。
青葱无语传媒介，梅菊闻香作笔笺。
灞柳千丝风雨送，赵燕多慨故山牵。
难眠夜下遥望月，一醉欢逢年复年。

赠大学同窗

杏园初识正金风，拂面柳丝轻雨濛。
池水清荷闻笑语，华山云海照青葱。

依稀别梦三春远,忙绿浮名半世空。

相聚忆寻昨日事,玉兰香溢见苍翁。

南山远眺

总爱临窗眺大川,心思常在白云巅。

风吹陌上麦翻浪,霞落南山色染天。

三径①陶潜归有意,绝音钟子②去无缘。

谁人伴我裁诗酒,清梦遥遥月满弦。

注:①三径:指陶渊明隐居之所。②钟子:春秋时钟子期识音律,与俞伯牙为知音。钟子期死,伯牙不复弹琴。

雨霁山行

远树平川一洗清,空山半湿夕山①明。

壁崖危坐看烟霭,芳草幽思对谢荣。

溪水无心春水长,古人有路后人行。

竹林渐暗鸟归去,何处闻香木铎声。

注:①夕山:夕阳下之山峦。

听 雨

夜静无眠独自徊,空山听雨洗尘埃。

秋风叶下时光去,秦岭霜前桂影来①。

文尽江郎②思别赋，心随王粲③上楼台。

霁④晴云散虫声起，田陇朦朦月似裁。

注：①桂影句：经霜的桂花馨香宜人。②江郎：南朝梁江淹文采风流，《别赋》《恨赋》誉满天下。老来笔减，时人有"江郎才尽"之讥。③王粲：三国时王粲滞留荆州，思乡心切。秋日登楼写《登楼赋》，叹时光荏苒，功名难就。④霁：雨过天晴。

秋 望

年岁偷移又入秋，染霜黄叶尽田畴。

高蝉鸣柳声声紧，南岭残阳淡淡愁。

苍野寂寥春梦远，诗情迟缓鬓毛羞①。

窗前凭眺风吹面，月照荷塘半水幽。

注：①鬓毛羞：指两鬓斑白。

灞上黄昏

秋来灞上草蛩①鸣，丝柳垂杨见藁荣。

霜白东流秦代月，芦黄西照汉宫城。

荷塘风满香渐远，山岭云翻潮欲生。

河畔晚清寒湿久，归巢苍鹭雨闻声。

注：①蛩：蟋蟀也。

灞上秋雨

灞柳如丝空透凉,轻寒白露雨茫茫。
烟迷陌上游人少,风吹河中苇草长。
老岭雁鸣来别梦,青春花落忆初妆。
凭栏高眺云飞远,背后山峦是故乡。

悼 念

2015年8月12日,天津东疆保税港区瑞海国际物流有限公司发生火灾爆炸,造成上百人遇难的严重后果。牺牲者很多为年轻消防战士。写诗悼之!

灾难突降天津港,爆炸声声警笛频。
职当军人何所畏?力殚火海岂重身!
风吹落月①弥烟水,云盖朝阳②忆夏春。
惟愿及时甘露雨③,拨清霾雾报英亲。

注:①风吹落月:比喻英雄牺牲。②云盖朝阳:比喻烈士牺牲时都在青春年华时。③甘露雨:语义双关。实指只有查明真相,才能告慰英灵。

冬日品茗独坐

小睡不知日入堂，清阴细细午闲长。
窗前一片黄花秀，壶中几丝绿茗香。
文愧江郎无彩笔，心随王粲上高冈。
凭栏独坐微风起，明月终南两相望。

伤万邦

古城最后一个文化地标"万邦书城"终因付不起租金而关闭了，一个时代结束了！写诗悼之！

古都卓卓最清标①，遗韵悠悠香墨飘。
商海无涯千桨挤，书山有路众人寥。
唐音已逝风骚远，孔子也凭端木②骄。
月落店门灯火暗，九天何日再闻《韶》③。

注：①清标：清雅的文化地标。②端木：端木赐，子贡。孔子学生，善经商。此处讽刺现实。③《韶》：传为舜时的乐名，孔子推为尽善尽美。后以"闻韶"谓听美好乐曲。

应邀作咸阳诗词大会评委有感

山原秀丽渭河长，秋送风云聚帝乡。
歌咏古今才始见，气随诗赋正高扬。

世情任是随流俗，秦道依然过汉唐。
穆穆考官钦后辈，千年文脉续咸阳。

登西安古城墙

甲戌冬日黄昏，登古城墙，但见暮云翻卷，护城河水荡漾，古城巍峨，汉唐风韵扑面而来，感慨赋诗。

登高寂寂暮云吹，无雪冬天意懒迟。
色冷青砖声韵远，墙摇宫水日光移。
千重城阙生烟雨，一缕唐风醉曲词。
伫立楼头寒夜降，龙盘华表月迷离。

赠友人

吟诗觅道苦辛寻，尚古才能得古音。
利禄浮尘随闹水，书文深处有冰心。
登楼谁识仲宣[①]赋，行畔方知屈子[②]襟。
且把新章呈故旧，清风明月共参斟。

注：①仲宣：指三国王粲，有《登楼赋》表达怀才不遇之心绪。②屈子：屈原也。

冬夜观梅花

梅花遗我见神奇,瑟瑟寒冬最适宜。
躯干扶疏刺冷意,蕊苞待放报春词。
何郎[①]渐老知音少,白石[②]常伤雪笛吹。
欲借香魂调旧韵,月光如水两相知。

注:①何郎:指南朝诗人何逊也。爱梅,以咏梅诗著名。②白石:南宋词人姜夔,以善写梅花著称。

次韵刘炜评教授《感事兼报诗友》

磊磊男儿意不休,谁言功业付东流。
骚人不为光阴迫,警句何能小字囚。
欲截青山横失落,更催风雨笑浮游。
二三好友江湖去,景色宜人最是秋。

附刘教授《感事兼报诗友》

问君槛口痛心否?沉默人何异马牛。
失语终将真失语,封喉不过是封喉。
从天应耻头颅贱,好句全凭血气浮。
不信摩罗诗力说,精魂已定葬荒丘。

巴尔虎部落观蒙古骑士表演

左右翻身迅捷柔，茫茫草野竞风流。
鞭抽奋叫扬尘土，人跃空腾闪眼眸。
一自可汗金帐去，终教烈马圈栏游。
迭更衰兴无恒定，莫叹天骄葬废丘。

乙酉夏大学语文南阳年会未成行致刘静君

君自燕来我自秦，中原相聚动心神。
但期漫步成风景，岂料微躯累俗尘。
半世寂寥功利薄，十年忙碌挚交珍。
遥闻古镇黄昏暮，酒映灯红说故人。

等 雪

闻道年关声息渺，长安望月半宫词。
梅香疏影寻初旧，酒遇知音醉凤池。
谢韫①窗前思柳絮，陆郎②驿上寄春枝。
且将风致吟平仄，一夜星星待晓时。

注：①谢韫：东晋谢道韫咏雪诗："未若柳絮因风起。"②陆郎：晋陆凯。其《咏梅》诗："折梅逢驿使，寄与陇头人。江南无所有，聊赠一枝春。"

芈 月

楚雨连山半入秦,苍茫谁识疏姬人①。
红羞侍寝才中夜,高殿②明灯已十春。
立子④纵横天下服,垂帘难掩女儿身。
莫言斑竹③流湘泪,武后⑤千年只望尘。

注：①疏姬人：秦宣太后可能是楚国贵族远房宗亲女而陪嫁秦国。②高殿：高泉宫。秦宣太后所建,故址在扶风县东。③斑竹：娥皇、女英哭夫而泪洒湘竹。这里意谓宣太后虽是楚女却精明强干。④立子：秦宣太后子公子稷后继位为王。⑤武后：武则天。意谓最早垂帘实从芈月始。

冬夜山中有寄

夜宿终南苍岭边,独怜余雪对幽泉。
故人辞别年将暮,梅蕊闻香月未偏。
万里秦山连海域,千回诗意梦云天。
醉中遥看疏星落,陌上高灯正蜿蜒。

大学毕业季有感

匆匆又到送行时,绿叶深深夏日迟。
山水有心留逝迹,杏园无语道珍辞。

今宵一梦前途远，往事几多岁月追。

年少当歌狂醉酒，清风入户夜光怡。

七弦叹·离鸾操①

一声弦，叹山远，春去秋来，红衰翠减，关山梦断，登高才觉苍凉意，秦月依然照汉关；

二声弦，叹水远，烟波淼淼，月迷津渡，归帆难觅，风流自古浪花浇，悠悠江水总无言；

三声弦，叹风远，春风何急？吹落蔷薇，送走华年，杨柳依依抚诗经，转眼晓风月已残；

四声弦，叹花远，岁岁相似，人面桃花，故人情淡，直须堪折无人惜，夜夜独望碧海天；

五声弦，叹月远，阴晴圆缺，冷暖在心，婵娟千里，人生自是有情痴，风月何曾助良缘；

六声弦，叹梦远，清夜西楼，旧梦依稀，千唤难还，踏雪访梅箫声起，又过谢桥觅初颜；

七声弦，叹人远，楚子才高，潘郎白发，蓬山渐远，小字无绪乱诗笺，凭栏金樽任管弦。

注：①离鸾操：古琴名曲，绝世清音。

五 律

孝 思

匆匆岁月欺,心到已乎迟。
风雨疏严①发,寒凉侵母脾。
人无虚度日,爱有保鲜期。
莫为蓼莪叹,天恩寿且怡。

注:①严:指父亲;《蓼莪》,诗经名篇,千古第一孝思之作。

潼关怀古

千年往复还,东去莫言闲。
黄渭携西岳,雨烟锁险关。
周秦烽火熄,唐汉月明弯。
欲效终军志,投繻①鬓已斑。

注:①繻:古代一种出入关卡的凭证,用帛制成。汉代终军弃繻出关出使南越建奇功。

游南宫山悬空寺（三首）

（一）

秦巴隐秀雄，遗韵聚南宫。
山戴千年绿，云开半壁红。
登高惊旭日，临寺浴天风。
松海飘灵雨，岚河入汉东。

（二）

孤寺缈云烟，悬空入碧天。
鸟飞黄昏后，月近老僧前。
山里无虚日，人间惊暮年。
隔溪谁问路，金顶见红莲。

（三）

奇峰自画工，古刹入苍穹。
钟磬传天外，云丝挂壁中。
闻僧山水静，登顶日光融。
五色烟霞起，菩提树有风。

屈子祠抒怀

凭吊吾迟到,天低乱绪阴。
山川流岁月,风雨洗尘心。
斑竹千千结,湘江夜夜吟。
谁斟端午酒?满醉慰忠忱。

秦岭秋荷

芳时尚凝眸,紫陌已经秋。
秦岭过寒色,荷花听雨柔。
好风随梦远,残月上西楼。
素淡谁人约?烟波望行舟。

登庐山(二首)

(一)

横江秀岭连,我欲上峰巅。
云白流松醉,风清绕发旋。
夏中游一日,山后坐千年。
俯瞰鄱阳水,蜿蜒世外天。

（二）

亲故问行处，沿阶正俯攀。
峰空心惴惴，云白意闲闲。
荆棘穿双手，清风洗倦颜。
古人谁到此？回语水潺潺。

庐山望大江

拔地见奇雄，连绵玉宇通。
鄱阳吞日月，峰顶过江风。
手鞠云丝漏，回望路径穷。
常留不思去，梦远水流东。

春游陕西历史博物馆

陕博倾南郭，巍然傲众雄。
飞檐悬汉日，回苑绕唐风。
篝火半坡起，文明华夏隆。
幽幽情不尽，芳草绿葱葱。

杜陵①怀古

秋风满长安，杜塬古生寒。
雁叫南山落，陵高碑石残。
灞流过日夜，暮霭独盘桓。
谁解苍凉意，千年醉中看。

注：①杜陵：汉宣帝陵，在杜陵塬上。

登大雁塔

宝塔耸三秦，巍巍自古珍。
登阶望日月，俯首远烟尘。
鸟宿南山暮，钟鸣渭水新。
云低铃忽响，星汉碧粼粼。

无题（五首）

（一）

举世皆趋彼，吾曾独不然。
窟窥千古月，根揣九重天。
讥笑攀龙上，尾羞附骥前。
丈夫生有志，那管祖刘①先。

注：①祖刘：指东晋祖逖和刘琨。二人胸有大志，闻鸡起舞。

（二）

日到午天暖，风当春季和。

百花红有限，一月缺偏多。

物化犹如尔，人生甚奈何。

放怀千载上，何事抱悲歌。

（三）

性本无须酒，兴来强自斟。

豁开千斛量，吸到百川心。

醉眼翻天地，狂歌濡墨林。

方知仪狄①后，夏禹总亡深。

注：①仪狄：仪狄是夏禹时代司掌造酒的官员，相传是我国最早的酿酒人。

（四）

家居豪客少，醪酒味无双。

别有凤凰调，不曾鹦鹉腔①。

项王山可拔，骓马力犹扛。

天地铮铮汉，如何屈膝降。

注：①鹦鹉腔：指不愿鹦鹉学舌，亦步亦趋。

（五）

道士微天地，佛氏说色空。

那知分世界，更有众西东。

宇宙初元始，古今万状雄。

笑谈陆子静①，纵论紫阳翁②。

注：①陆子静：指南宋"心学"创始人陆九渊。②紫阳翁：指南宋理学大师朱熹。意谓二人奢论性理，并没有探出天地真谛。

山居（四首）

（一）

不惹人间气，闲来更去愁。

旧书随意读，诗意及时呕。

游看山云晚，临听石水流。

谁同吾所好，扫迹卧林丘。

（二）

乡居无别恙，只是惜余芳。

踏雨溅泥点，弄花满手香。

耦耕长沮①若，路哭阮生狂②。

啸傲林泉下，把盏醉夕阳。

注：①长沮：传说中春秋时楚国的隐士。②阮生：阮籍。《晋

书·阮籍传》:"(籍)时率意独驾,不由径路,车迹所穷,辄恸哭而反。"

(三)
野外荷锄卧,漫无草一除。
仰思千载上,愧读十年余。
啼鸟送春尽,飞花落面初。
荒芜原不计,只取意何如。

(四)
久不周公梦,年来颇自舒。
日斟花下酒,夜读枕边书。
世事茫无绪,田家味有余。
遂笑天地外,别开一安居。

七 绝

山居偶见

野老闲闲去阡陌,从无点汗滴禾田。
锄来不到日当午,高啸一声席地眠。

读陶诗(二首)

(一)

窗外碧桃树树开,飞香满园逐人来。
闲情不让陶居士,只少门前五柳栽。

(二)

休向他人去折腰,归来三径自寥寥。
门前不但几株柳,一样陶潜垂碧条。

北邙山①

北邙山上草离离,试想当年富贵时。

不但洛阳宫殿尽,姓名千载有谁知。

注:①北邙山:在洛阳。

金陵①怀古

世道难如蜀道多,君家何事日风波。

花飞王谢千秋恨,况复帝乡一梦柯。

注:①金陵:今南京。为六朝故都。

八王之乱①

一线蛛丝细细寻,天心向背自民心。

五胡嗣晋君莫恨,说到八王恨更深。

注:①八王之乱:发生于西晋时期的一场皇族为争夺中央政权而引发的内乱。

偏 安

东晋无才开一统,南朝有宋但偏安①。

果如天定胜人说,试把少康②有众看。

注：①偏安：指刘宋和赵宋偏安政权。②少康：传说中夏朝中兴之主。

读史乐

书读百回味更长，黄金不足挂心肠。
纵横上下五千载，卷卷字中别有香。

石敬瑭①

晋代山河曾几秋，石郎千载有余羞。
可怜为做儿皇帝，割尽燕云十六州。

注：①石敬瑭：后晋皇帝，将燕云十六州割让给契丹（辽朝）。

阮　籍①

一点浮名未足图，阮生何事哭穷途。
汉家麟阁垂千古，试问如今尚有无。

注：①阮籍：三国时期魏国诗人，竹林七贤之一。

项王（三首）

（一）

垓下徘徊不肯东，项王总是一英雄。
假如八千子弟在，未必乌江血染红。

（二）

世说项王罕与俦^①，美人帐下更风流。
那知当年英雄处，只是江东一点羞。

注：①俦：匹也。

（三）

不渡江东别有由，八千子弟为谁休。
果如世说项王暴，亡尽中原也未羞。

赵括（二首）

（一）

苦读父书空有名，何如赵括敢谈兵。
可怜四十万人命，断送长平一夜坑。

（二）

四十万人尽一坑，千秋赵罪不容轻。
假如妙算夺奇胜，括母上书有甚情。

苻 坚

百万曾夸可断流，苻坚淝水一朝休。
奈何鹤唳风声日，念却秦家父老羞。

孔子（二首）

（一）
孔子不逢尧舜时，茫茫天道岂无知。
为教乱贼悬千载，故假春秋第一枝。

（二）
人心不正却悲心，害比横流猛兽深。
假使当年尊孔子，七雄犹可到如今。

周武王（二首）

（一）
自古精兵不在多，三千甲士倒商戈。
武王如不恤民命，只怕无如殷纣何。

（二）
汤武①征诛别有心，春秋五伯互相侵。
自从逐鹿刘项后，惹得人人争到今。

姜子牙

太公当日钓渭滨，曾钓乾坤八百春。
假使周王曾不猎，烟波万顷一渔人。

注：①汤武：指商汤和周武王。

秦始皇（二首）

（一）

万世雄心二世亡，纷纷千载说秦皇。

假如损益犹三代，未必子孙不帝王。

（二）

治乱循环两未休，天心人事念千秋。

祖龙①奈是虎狼国，却扫万王帝九州。

注：①祖龙：指秦始皇。

咏史（十五首）

（一）

王道功成原不殊，试看汤武事征诛。

自从五伯①干戈起，惹得千秋说阔迂。

注：①五伯：指春秋五霸。

（二）

为有儿孙计久长，四陬①买尽犹时忙。

试看六代故宫处，禾黍离离挂夕阳。

注：①陬：角落，边隅之地。

（三）

汉朝王莽行新政，宋室荆公①乱旧章。

假使苍生无误处，何妨开辟听三皇②？

注：①荆公：指王安石，曾封为荆国公。②三皇：指天皇、地皇、人皇。

（四）

生不逢时只自伤，花开富贵总凄凉。

铜驼①埋到千层棘，空下新亭②泣几行。

注：①铜驼：铜制的骆驼，古代置于宫门外。②新亭：古地名，故址在今南京市的南面。

（五）

世道崎岖那堪过，劝君不尔奈如何。

满窗风月满樽酒，胜似侯门弹铗歌①。

注：①弹铗歌：冯谖弹铗而歌，希望孟尝君改善待遇。

（六）

醉酒人心醒有时，入身富贵出无期。

铜山①铁券②翻来苦，争奈世间总不知。

注：①铜山：指金钱。②铁券，是皇帝赐给功臣、重臣的一种凭证，允其世代享有优厚待遇及免死罪的一种特别证件，也叫免死券。

（七）

千古盛衰无定过，楚狂①何事抱悲歌。

天将战国开秦统，故使春秋乱贼多。

注：①楚狂：楚人，姓陆名通，字接舆。昭王时，政令无常，乃披发佯狂不仕，时人谓之楚狂也。后常用为典。

（八）

朝有袁安①门卧雪，将无韩信再登坛。

蜩螗②国事难如此，可叹贾生③上治安。

注：①袁安：东汉袁安宁愿饿死也不乞讨扰民，比喻道德高尚，有操守。②蜩螗：蝉的别名。比喻喧闹、纷扰不宁。③贾生：指贾谊，给汉文帝上《治安策》。

（九）

把酒浩歌日未休，茫茫世路复何求。

地维天柱原无极，怎奈共工①触一头。

注：①共工：远古部落首领，与颛顼争为帝，怒而触不周之山，天柱折，地维绝。

（十）

昨日少年今白头，世间能得几春秋。

何如只管夜行去，漏尽钟鸣总不休。

（十一）

天为生民又作君，如今话不古人云。

那知杨子①歧途②处，千里毫厘从此分。

注：①杨子：指杨朱，杨朱学派创始人。曾在歧路悲泣。②歧途：对世道崎岖，误入歧途的感伤忧虑。

（十二）

谁把国钧①执秉过，苍生贻误奈如何。

杜鹃漫道啼声处，偏向天津桥②上多。

注：①国钧：指国炳，国政。②天津桥：宋时汴梁洛水河之名桥，邵雍与儿子伯温在桥上听到杜鹃的声音凄惨，认为是天下动乱之兆。后金人南侵，北宋亡。

（十三）

三代①如今不复王，几时揖让有虞唐②。

可怜水火益深热，世事何堪问彼苍③。

注：①三代：指尧、舜、禹三代。②虞唐：唐尧与虞舜的并称。③彼苍，苍天。

（十四）

漫不心劳自日休，一身天地更何求。

许巢洗耳高箕颍①，惹得虚名千古流。

注：①箕颍：相传尧时，贤者巢父、许由曾隐居箕山之下，颍水之阳。后因以"箕颍"指隐居者或隐居之地。

（十五）

不向侯君把铗弹①，闲闲半世但期安。
箪瓢怜道颜回②乐，一样孔门高眼看。

注：①铗弹：指冯谖弹铗而歌。②颜回：孔子的学生，居于陋巷而不改其乐，且勤奋好学。

落花（四首）

（一）

年年春去太匆匆，一夜数声风雨中。
蜂怨蝶愁总不管，百花当日满园红。

（二）

桃源无影又无音，近在目前细细寻。
莫叹今春空又过，明年收拾早来临。

（三）

一自秋凉送暑回，西风阵阵几残催。
为别故枝情不忍，可怜飞去又飞来。

（四）

林下不知几暑寒，西风落叶又秋残。
四时大化原无异，何事人间多改观。

霞

天地妙开一线光，分明美富见宫墙。
恨无万里飞鹏翼，上负云霓探彼苍。

林 下

久味林泉百感消，颜回①怜道乐箪瓢。
妙用天地无穷处，万古春风花不凋。

注：①颜回：见上注。

松（四首）

（一）

冷到岁冬一扫空，千山独有树青葱。
看它郁郁自高处，也抱人间不世雄。

（二）

万木一霜落叶多，条松百尺奈如何。
北风鼓尽三冬力，总是耐寒不改柯。

（三）

一样风飘雪又深，如何郁郁满山林。

为因夏社①秦封②后，犹抱千秋不朽心。

注：①社：这里指社神后土，因禹平九州有功，被尊为土神，享受祭祀。清吴伟业诗："夏社松阴改。"②秦封：秦始皇登泰山，避雨松树下，因封为五大夫松。

（四）

扫尽山河不放松，风霜寒雨满天空。

那知盖凰藏蛟处，绝与百花迥不同。

柏（三首）

（一）

饱受风霜不怕侵，横空老干有余阴。

卷成一片森森气，擎起青天立地心。

（二）

一自生来贯四时，蓬蓬勃勃也如斯。

试看葱郁三千丈，吓得风霜不敢欺。

（三）

霜满树间叶不寒，年年习惯过冬残。

输它当日百花艳，一到此间却耐寒。

七 夕

盼得鹊桥差可过,牵牛织女幸如何。
一年一夕一相会,那有功夫说巧多。

竹

年年苦节耐残冬,自谓才名比柏松。
争奈伶伦①相别后,剩今知己一无逢。

注:①伶伦:传为黄帝时乐官,曾用竹子制作乐器,为始创乐器之人,后因用作咏竹之典故。

兰

托根天地自来香,不向它花借半光。
只为芳名留百世,逶迤空谷有何妨。

菊

依傍东篱别有心,风霜全不怕来侵。
自从三径陶签①后,惹得傲名传到今。

注:①三径陶签:出自陶潜《归去来辞》"三径就荒",原意是指田园荒芜。这里指菊花得到陶渊明的赏识。

梅

半点分明不染尘，诗人何故说频频。

总教费尽思量处，那晓岭头别有春。

无题（九首）

（一）

天地无涯本自宽，如何局促未曾安。

只缘世上不高眼，水月镜天偏爱看。

（二）

天地化生有自来，秋花原不早春开。

执鞭如果可求富①，孔子众应为一回。

注：①求富：孔子曰："富而可求也；虽执鞭之士，吾亦为之。如不可求，从吾所好。"这里指功名富贵不可强求。

（三）

风月一窗细细斟，生平潇洒到如今。

逢场不惯谈高调，但遇钟期①别有音。

注：①钟期：钟子期，春秋时代楚国人。传俞伯牙在汉江边鼓琴，钟子期正巧遇见，感叹说："巍巍乎若高山，洋洋乎若江河。"两人遂成至交。子期死，伯牙认为世上已无知音，终身不再鼓琴。

（四）

天道翕^①张无尽时，人生富贵有穷期。

南山万里今犹在，不见愚公子孙移。

注：①翕：合拢；收敛。

（五）

李下桃园久不临，何劳冠履费沉吟。

闲云野鹤自来去，流水高山别有音。

（六）

风雨黄昏已不时，茫茫前进欲何之？

杏花落处牧童去，未必酒家遂问知。

（七）

味得孺子沧浪歌^①，如何濯足不清波。

颍川一洗巢由^②耳，牛口犹嫌污处多。

注：①沧浪歌：春秋时期时已传唱，孟子曰："有孺子歌曰：'沧浪之水清兮，可以濯我缨；沧浪之水浊兮，可以濯我足。'"比喻人的自身因素很重要。②巢由：指史上大隐士巢父、许由。许由河边洗耳，巢父牵牛问之，闻许由因尧欲召为九州长而在此洗耳，巢父很不满，嫌许由污了牛饮之水。

（八）

醉卧林泉久不闻，凭它天地自纷纷。

黄农①开国数千载，能得几时无父君。

注：①黄农：指黄帝和炎帝，炎帝号神农氏。炎帝与黄帝共同被尊奉为中华民族人文始祖。

（九）

事到无奈只怨无，何如临岸早回头。

韩彭①智勇高千古，终让留侯②第一流。

注：①韩彭：指韩信和彭越，西汉开国功臣。后都被刘邦所杀。②留侯：指张良。

商纣王

牧野①一师争倒戈，纣王到此恨如何？

早知天下离心久，应悔②夷人比亿多。

注：①牧野：武王伐商在牧野决战。②应悔：时商朝军队在东夷作战未回，只好把东夷俘虏编入军队，夷人反戈，纣王灭亡。

李　煜

不敢高声只自哀，春花秋月为谁来。

江河日下不知挽，奈把防堤又决开。

竹林七贤（三首）

（一）
不愿独醒呼醉歌，醉来无奈又醒何？
纷纷乱口莫相道，满目山河惹恨多。

（二）
浪迹林泉久不闻，凭他覆雨又翻云。
可怜换面改头局，弄到如今甚有君。

（三）
覆手雨来翻手云，人心世路总纷纷。
何如日日弄杯酒，醉横柴门卧不闻。

读史·戍役（二首）

（一）
几曾归去赋频频，奈过一春又一春。
衣上试看缝密处，丝痕不似旧时新。

（二）
只说封侯觅一场，那知戎马日星忙。
梦魂不怕归途远，夜夜几回到故乡。

史 鉴

秦禁诗书两代亡，莽①施仁义乱朝纲。

民心天意终难侮，自古兴衰细识量。

注：①莽：指汉末王莽外仁义而内怀奸佞。

孔 子

沮溺笑他急问津①，只因列国到如今。

世间茫茫有谁易，空自执舆②多苦心。

注：①问津句：《论语·微子》："长沮、桀溺耦而耕，孔子过之，使子路问津焉。"②执舆，指执辔驾车。这里代指当权为政。

芈 月①

室外陪媵等侍巾②，笑鞶楚女最清新。

若逢地下君王怪，妾本事人③为事秦④。

注：①芈月：即秦宣太后。②侍巾：侍巾帷房，侍候主人也。芈月本作为楚陪媵而来秦国。③事人：指与义渠君私通事。④事秦：使天下侍奉秦国。

杨贵妃（二首）

（一）

长生私语有谁知？白傅①风流弄笔姿。

纵使马嵬坡不死，梅妃②一样冷宫时。

注：①白傅：白居易，曾任太傅一职。②梅妃：唐玄宗爱妃，杨玉环入宫后失宠被贬冷宫。

（二）

天子风流仙乐兴，霓裳香雾雪脂凝。

皇恩夜夜君莫妒，马驿①坡前殇白绫。

注：①马驿：指马嵬驿。

刘　邦

溺冠①骑颈啜翁羹②，英略由来不护行。

倘使项庄一剑落，徒留无赖万年名。

注：①溺冠：史载刘邦不喜儒生，常在儒士帽里撒尿，又爱骑臣下脖颈谩骂。②啜翁羹：项羽威胁要烹刘邦父亲，刘邦说我们是结拜兄弟，我的父亲也是你的父亲，如果真杀了，请分一杯羹给我。

汉武帝

征伐四方战纷纷,纵横天下建奇勋。

雄才切莫随心逞,不见垂年罪己①文?

注:①罪己:因征伐不已,天下骚动,武帝晚年下罪己诏。

霍 光

废昏立圣汉胤长,身死妻诛灭族亡①。

名刻麒麟②千古上,何人私祭食烟香。

注:①灭族亡两句:言霍光受托孤之任,拥昭帝,废海昏侯,又立宣帝。但死后不久,妻子被杀,族灭。②麒麟:指汉代麒麟阁。上有西汉霍光等十一位名臣图像。

贾 谊

大器由来且抑身,贾生①才绝尚青春。

何为凭吊湘江水,一哭梁王自丧沦。

注:①贾生:贾谊。贾谊被贬,担任梁王的师傅。他路过湘江,写文章悼念屈原。梁王坠马死,贾谊认为自己没尽到责任,抑郁而亡,年仅33岁。

项 羽

鸿沟盟约鸿门宴,鸿运风吹楚月轻。
泪洒乌江歌死别,霸王本色是书生。

信陵君

四家公子数贤良,仁义从来抗暴强。
一夕谗言穷落计,近姝沉酒①魏寻亡。

注:①近姝沉酒:信陵君因受到魏王猜忌而纵情酒色。

范 蠡

献女粪尝①费计谋,春秋功业大臣羞。
纵然鸟喙②恩情寡,范蠡原来货殖酋。

注:①献女粪尝:史载越王勾践用范蠡计,献美女西施于吴王夫差,吴王生病又尝其粪便以验轻重。②纵然鸟喙:史载越王勾践为人"长颈鸟喙",阴险寡义。

季 子[①]

天生英俊小民期，让国[②]延陵莫称奇。
当日若承吴业后，何来楼榭宠西施。

注：①季子：指春秋吴国贤公子季札。②让国：史载吴王寿梦病重将卒，因季札贤能，想传位于他。季札谦让不受，后来两位哥哥又要传位于他，他坚辞。后传夫差，不久吴亡。

吕不韦

万利无须驽马强，如姬奇货[①]待沽王。
赚回秦国身先死，嬴政雄才不屑商。

注：①如姬奇货：指吕不韦献自己爱姬给秦公子异人（嬴政之父），以求"一本万利"。

鸡鸣台[①]

骑牛老子入关中，万里河山听耳聪。
破晓雄鸡催守吏，莫羁君子[②]失秦风。

注：①鸡鸣台：在函谷关。②君子：指孟尝君。

形 胜

函谷潼关一线连,龙盘虎踞岂争先。

隋炀何故离京去,软软扬州①社稷捐。

注:①软软扬州:史载隋炀帝至扬州好为吴语。

金正男被刺有感(二首)

(一)

孤身去国走天涯,故土东怀大海遮。

殒泣异乡①魂梦断,莫贪生在帝王家。

注:①殒泣异乡:指金正男在外域被谋杀。

(二)

箕子①教民礼乐传,春风化雨慕先贤。

何为一梦千年后,骨肉相残夺位权。

注:①箕子:史传殷商时期有商纣王的一个叔叔箕子,带领族人出奔朝鲜,建立国家,后又受周封。箕子教民以礼仪。

杨震墓①

孤木谁撑末汉山，先生出殿泪纵颜。
英魂一缕贯华夏，又从北邙葬故关。

注：①杨震：东汉名臣，因反对宦官被贬而死，先葬洛阳，后归葬故乡华阴。

夜读《唐书》四章

李世民

玄武诛兄逼父王，公然弟媳后宫藏。
世人只说贞观事，丑行推论过帝炀。

李 治

玄武门前血忆新，晋王①温孝弟兄亲。
孰知铲尽唐家子，不在男人在女人。

注：①晋王：指李治。史载唐太宗鉴于原太子李承乾与李泰争太子的教训，认为李治仁慈友爱，能保护两位哥哥，故立之。

武则天

焕然革命日光新，匍匐男人跪拜臣。
只为宗庙不血食①，废周再拥李家人。

注：①血食：谓受享祭品，即能得到后代祭祀。武则天晚年因宗庙血食困惑又立儿子为嗣。

杨 广

平陈仁义谓贤王①，神朗风清品学长。

一夜登基欢啸后，江山抛弃纵情亡。

注：①贤王：杨广曾任平陈兵马元帅，平陈后又施仁政，受到赞誉。

观山溪有感

谁谓溪河大海奔，高山峡谷自清尊。

滋恩万物成材后，流尽天头养地根。

青 杏

绿裙①犹见旧时妆，烟雨流红任涧冈。

事尽繁华青果涩，谁人识得杏儿黄？

注：①绿裙：比喻杏叶。

依韵和刘炜评教授《黄昏匆过银川四首》

其 一

秦路归来又北征，黄河古渡逐鸿声。

塞边风景还依旧，夜半犹听铁马鸣。

其 二

抛却书囊莫叹空，残阳如血胆侵红。
君看千古英雄泪，搅动流沙日夜隆。

其 三

浮生本就似沙鸥，栖遍荆林不自由。
安得风云御随意，与君天地做豪游。

其 四

莫在他乡吟式微，风吹塞外不胜衣。
但凭云雨生胸肺，圆缺阴晴勿相违。

附刘炜评教授原玉：《黄昏匆过银川四首》

其 一

东徼才归又北征，塞雁天际报秋声。
凤凰城[①]貌还依旧，季子重来老眼盲。

其 二

奚囊卸却掷河东，雀跃如狂晚烧中。
抱目高粱红不见，擎天绿化树葱茏。

其 三

行踪莫叹似沙鸥，孤旅聊为欢忭游。
且唱花儿扩胸次，河清更待到神州。

其 四

秋水马牛寻式微，劲风无赖揭单衣。
暮钟偏又催征铎，渐看万家灯火稀。

自注：①凤凰城：银川别名。

咸阳诗词大会做嘉宾评委呈业师杨恩成教授

聆听时过三十年，杏园似梦柳如烟。
咸阳相聚人依旧，再拜先生直播前。

附刘炜评教授和诗《和晓刚兄并呈恩成教授》

天宝幸逢诗是缘，同怀明世艳阳天。
先生神采还依旧，侍坐但期年复年。

渭城①致炜评君

红灯车塞路迢迢，处处高楼夺地标。
古渡荒原无觅处，浊浪掀倒渭河桥。

注：①渭城：今咸阳。

附炜评君和诗《步韵李晓刚教授》

关山百二走迢迢，厌看官家涨地标。
值水忽来如海势，哀思漫过渭河桥。

渭城再致炜评君

君自风流我亦真，渭桥相约觅秦津。
夜来车水浮云上，碾碎诗情化作尘。

附炜评教授和诗《渭城步李晓刚诗兄》

烂漫初心惜半真，愧随君又过秦津。
遮空墨色连天海，愁惨心潮荡陌尘。

渭桥即景

风雨秦津夜未央，连天汹涌感苍茫。
欲呼大禹重治水，凿导难清渭浊黄。

附胡安顺教授和诗
《步李晓刚教授〈渭桥即景〉》

暴雨连天势未央,咸阳古渡正茫茫。
当时计失黄万里,致教渭河清变黄。

附炜评教授和诗
《依李晓刚教授〈渭桥即景〉》

尧天舜日一何遥,滚滚浊流弥九霄。
也拟桃源耕五亩,倩谁凶渡搭浮桥。

游刘家塬[①]村

千里周原民俗同,花香流韵小村中。
斯人虽去高风在,树下甘棠[②]说召公。

注:①刘家塬:位于陕西省宝鸡市岐山县城西南。清代之前,刘家塬村名叫召亭村,史载岐周地方东半部属于周公采邑,西半部则属于召公采邑。②甘棠:召亭故地,历来流传着召公甘棠树下仁慈爱民的故事。

河南游（三首）

二程墓① 一

千里奔波近古贤，新碑欲比圣人肩。

寝园穆穆风难静，一栋红楼捅破天。

注：①二程：即北宋理学家程颢和程颐。二程墓在洛阳市南约25公里，今伊川县城西荆山脚下，称为程园。

二程墓 二

新碑立在古碑前，谁说今人不拜贤。

汗渍白云①游客去，苍生浮梦总为编。

注：①汗渍白云：比喻游人汗流浃背，衣服汗渍成白色，如白云一片。

新密县衙①

自古衙门向富开，贫民击鼓喊冤来。

莫言七品芝麻小，不辨东西是我才②。

注：①密县（现改名新密市）县衙，位于河南省新密市老县城中心，始建于隋大业十二年（616），距今已有1400年的历史。②我才：吾辈也。

读《西南联合大学校史》有寄

南渡从来是国忧，沦悲角落更何求？

唯舒风骨弥天地，独立荆榛育自由。

有感于中印洞朗事件

侍巾谩待愧衰婆[①]，月夜平城[②]费干戈。

自从陈汤诛远[③]后，茫茫沙碛响商驼。

注：①衰婆：指吕后。史载匈奴单于曾来信谩辱吕后，吕后致信单于，自称年老色衰，不堪侍奉。②平城句，高帝平城被匈奴围困。③陈汤：西汉名将，诛杀北匈奴单于，曰："犯我强汉者，虽远必诛。"

眺望额尔古纳河（二首）

（一）

江河依旧泪阑干，草郁花红不忍看。

昔日渔舟无觅处？秋风咫尺异邦[①]寒。

（二）

江水弯弯遗韵长，油花两岸溢清香。

依依故土今何处？咫尺残阳是异乡。

注：①异邦：指河对岸俄罗斯。

室　韦①

青黛楼头红木墙，幽幽小镇水边藏。
沧桑百岁人何在？对岸俄村有祖乡。

注：①室韦：中俄边界小镇，居民以俄罗斯裔居多。

寻咸阳古渡不遇致炜评教授

欲新填曲韵难调，处处危楼压旧朝。
夜半约君寻古渡，绿风红影送秦桥。

寻咸阳古渡不遇再致炜评教授

几问行人夜已凉，渭桥灯火照咸阳。
非因送别寻秦渡，契合诗风业共襄。

附刘炜评教授原玉《咸阳古渡夜归报李晓刚教授》

诗心奋荡夜虹桥，韶武恍闻来九霄。
莫叹麒麟埋古渡，骚坛同唤霍骠姚。

致山中友人（二首）

（一）

君家近不惯尘嚣，来约明朝事采樵。
鸡鸣风雨须早到，相隔路程数里遥。

（二）

春晚相亲无一临，逍遥林下独长吟。
树深野鸟解人意，隔岸声声啼不禁。

罗家茶园①

远上青山夕照斜，雾云深处是罗家。
采来一叶轻轻嗅，月下香溪煮绿茶。

注：①罗家茶园：在陕西安康紫阳县。

夜宿镇坪①

郁郁巴山抱镇坪，白云飞渡听泉声。
珙桐②香送黄昏暮，夜雨绵绵滴到明。

注：①镇坪：在陕西安康。②珙桐：珙桐又叫"中国鸽子树"，每年四五月间，珙桐树盛开繁花。

秋到曲江（二首）

（一）
最爱湖边看日落，阑珊灯影柳婆娑。
木桥幽独琴声起，秋夜秋风月似歌。

（二）
秋来曲水景清醇，芦苇闻香鸟自亲。
人约黄昏灯橹响，微风拂面月新新。

赠金洲（二首）

（一）
卅秋风雨最相知，缘惜才惊岁月迟。
常恐匆匆唠话短，先邀年后聚何时？

（二）
浮生何为劳心疲？探望家亲已叹迟。
岁末正逢欢聚日，连绵秋雨忆相滋。

望月兼致友人

清辉淡淡透窗凉，星汉遥望古遗墙。
何日箫声从梦起，手牵明月上高冈。

石 榴

花开迟暮相逢羞，芳意千重谁解收？
夏雨轻轻时节好，秋枝细细满籽柔。

忆 箫

知音相遇历枫霜，远水残荷自雅香。
何日梦裁成一景，听箫桥上月昏黄。

送 别

甲午四月，畅游三湘，与友人橘子洲依依话别，感慨赋诗。
话别江城碧水凉，清风送雨橘花香。
岳山洲上依栏眺，我去三秦子滞湘。

故居（九首）

（一）

桃园久绝此何乡，隐隐人家数点墙。
绿水青山看不断，春风远近尽花香。

（二）

一朝春晓下鱼矶，落日西山带醉归。
别有陶家风味在，不关门外柳依依。

（三）

寂寂陶家五柳栽，清荫满院不沾埃。
人家别有一天地，月下花前醉几回。

（四）

平生潇洒不尘埃，家住桃源两岸开。
日月逍遥无事外，春风长此弄酒杯。

（五）

飞香满院百花天，几醉东风开酒宴。
别有仙源春不老，笑它当日武陵船。

（六）

春到西畴去荷锄，北窗卧起弄琴书。
平生最爱陶家柳，插到门前总不如。

（七）

久厌尘嚣不市朝，晚来林下但逍遥。
桃源千载路犹在，肯向终南那一条。

（八）

不闻武陵太守来，桃源千载路犹开。
渔郎自是多凡骨，无复仙家弄酒杯。

（九）

柳条门外弄春晖，隔岸桃花莺乱飞。
把酒家家连日醉，仙源疑是又疑非。

五 绝

感怀三首

其 一

泾曾因渭浊①,济乃贯河清。
一样出山水,濯来分足缨。

注:①泾渭句:指泾河和渭河。泾河水清,渭河水浊,泾河的水流入渭河时,清浊不混。

其 二

素丝悲墨子①,歧路哭杨朱②。
每念古人处,惟惭不丈夫。

注:①悲墨子:墨子见染丝者而叹,曰"染于苍则苍,染于黄则黄",指人易受习俗浸染。②杨朱:杨朱学派创始人。杨朱哭,在歧路悲泣。后常用来表达对世道崎岖,误入歧途的感伤忧虑。

其 三

草不染曾绿，花虽开自红。

此中神化处，为问几人通。

谢 安

东山携妓①晚，对月抚琴吟。

淝水如不胜，风流误国深。

注：①携妓：谢安喜丝竹，常携妓女游东山。

王 猛

扪虱①论时务，英雄总是闲。

立功河朔外，何谓分华蛮。

注：①扪虱：抓着虱子。史载王猛见东晋大将桓温，旁若无人，扪虱而谈。

苻 坚

鞭断长江水，魂归五将山①。

阴间逢景略②，不复旧时颜。

注：①五将山：在今陕西岐山县东北。前秦皇帝苻坚曾在五将山被俘，后被杀。②景略，指王猛，字景略，苻坚重臣。

石 勒

乘时起八荒，征伐建雄疆。
若问英豪处，田垄奴隶郎①。

注：①奴隶郎：石勒曾作为奴隶被贩卖。

贾 谊

才负栋梁器，躬逢明圣王。
不图麟阁上，何事吊潇湘。

赵飞燕

汗青留一瘦，君主渡三春。
当日汉宫里，腰纤①饿死人②。

注：①腰纤：史载赵飞燕舞姿轻盈如燕飞凤舞，故人们称其为"飞燕"。②史传楚王爱细腰，宫女多饿死。本句谓因汉成帝宠幸赵飞燕，宫女们也都追求纤细腰身。

王昭君

匈奴骑远遁，大漠雁闻韶①。
名赞秭归女②，功成霍骠姚③。

注：①韶：尧舜时美乐。②秭归女：王昭君是湖北秭归人。③霍骠姚：指汉霍去病。被封为骠骑大将军。

西　施

范蠡重金利，吴王爱粉妆。
本来恩义绝，何必再随商①。

注：①随商：史传越灭吴后，范蠡带西施泛五湖经商。

童年忆趣（七首）

蜂　蜇

山上捅蜂巢，蜂追无处跑。
告师言有病，莫说脸蜇包。

掏　窝

爬树入云端，戳窝少半竿。
鸹惊撒粪落，上易下来难。

放　炮

（一）

开门人不见，只听炮声惊。
躲在墙边看，难禁笑出声。

（二）

回家似脱缰，鞭炮拆开藏。
一日炸一个，天天新岁忙。

弹 弓
（一）

上学过涝洼，黄莺叫树丫。
一弹擒两鸟，无处对人夸。

（二）

彰宣三好生，大会念我名。
溜出弹麻雀，家长受批评。

偷 杏

支农日夕斜，抄路岭坡爬。
看护言偷杏，凭亲领到家。

清明祭

一夜思亲梦，黄泉垄上哀。
风吹梨花落，细雨天边来。

读史·戍妇（二首）

（一）

雁带归书早，而今总未回。
何如边塞月，夜夜故乡来。

（二）

自教夫婿去，抱悔已三秋。
满腹伤心泪，对人不敢流。

无　题

箫声彻月台，春色倚云裁。
风吹空山绿，天边梅自开。

登云冈石窟

君已返家乡，吾先上石冈。
问云千载事，佛近洞幽长。

熬夜观西班牙葡萄牙世界杯大战戏作

绿荫滚球葩，红嘴磨两牙。
一惊呼一乍，睡觉扔爪洼。

词

高阳台·丁酉立春有寄

人探梅花,晴融积雪,开门已觉寒轻。陌上闲闲,谁人放断风筝。雀跃误传云边信,且先喧、差似莺鸣。盼归来、何逊①渐忘,词笔春声。

年来常忆青春事,叹时光荏苒,镜貌人惊。青眼②高怀,依旧追梦茕茕。迎新辞旧情难了,把相思、平仄纵横。问书生,斗转星移,风雨多程?

注:①何逊:南朝诗人,爱梅。②青眼:即黑眼,晋阮籍善青白眼,对高雅之士翻青眼,对俗人翻白眼。

满庭芳·登潼关河山一览楼①

长岸风吹,神川雨洒,轻霜染就斑斓。叶黄红瘦,青霭上山峦。登阁尽收名胜,三河②汇、汹涌奔喧。分秦晋,枕依华岳,东去不回还。

凭栏，观水渚，苍苍苇絮，淡淡云烟。且莫叹华逝，风物宜宽。今古江山不改，英雄迹、垣断碑残。吾侪辈，唯将笔墨，豪气赋雄关。

注：①一览楼：建在潼关高处，可以俯瞰黄河。②三河：洛河、渭河和黄河。

满庭芳·北五省会馆①听歌

汉水钟灵，巴山毓秀，百年会馆深藏。雕窗绘栋，犹记旧时商。风雨漂来暂住，呼老酒、且听丝簧。登高处，莹莹明月，千里望家乡。

思量，光景过，画屏②黯淡，忠义深长。叹舞榭楼阁，音韵徜徉。今客殷殷凝目，唱小调、情妹情郎。传天籁，清风和煦，依旧桂花③香。

注：①北五省会馆（指山西、陕西、河北、河南、山东五省的会馆），修建于清朝乾隆年间，为商人等休憩之所，在紫阳县境内。②画屏：会馆大殿有三国人物壁画。③桂花：馆院内有百年桂树，一年开两次花。

千秋岁·夜宿飞渡峡①

巴山深处，春意不相负。鸟鸣涧，桥飞渡。车行屏画绿，人宿黄昏暮。山寂寂，风吹两岸闻香树。

浮世偷闲住，相约春山酤。随碧水，任倾诉。梦归林上月,夜听临窗雨。他日再,细将相识从头数。

注:①飞渡峡:在安康镇坪山中,水流击湍,景色绝佳。

阮郎归·春在镇坪①

寻春只合向南行,一山又一程。云中谁舞白丝绫,挽春山里停。

花露重,水烟轻,绿苔染画屏。最难留客酒频呈,梦随夜雨生。

注:①镇坪:安康山中小县,山清水秀。

千秋岁·咏槐花

落红流水,迟暮谁来此?莹如雪,香如桂。春心不忍去,蜂蝶频思会。烦君意,素笺浅浅殷殷寄。

不竞繁华事,不为浮名累。孤自秀,时鲜馈①。飘零春已老,高韵何人识?黄昏暝,清魂随梦天涯里。

注:①时鲜馈:槐花可入食。

千秋岁·春归

绿言红语,纷说春归去。湿烟雨,迷津渡。一声莺叫老,几里花飞住。空寂寂,满川春色谁为主。

柳絮天边舞，华梦思难缕。往事矣，谁回顾？依望南陌远，约醉春山诉。惆怅里，碧云暗送黄昏暮。

风入松·雨登南五台

一场夜雨送清凉，古寺冷莲香。石阶幽暗游人少，云千叠、翠壁苍茫。山野时鸣惊鸟，溪流轻叩柔肠。

尘心姑且放书囊，倦意任徜徉。登高暂借无人境，裸胸胆、卧看沧桑。一片阴晴拾去，天边目断云樯①。

注：①云樯：云帆。

高阳台·五丈原怀古

戊戌初秋，与诗友登岐山五丈原，但见庙宇巍峨，松柏葱郁，山岭霞云依旧，不由人感慨万端。赋诗志之。

车马连天，旌旗遍野，羽书①交错频频。问阵前谁？司马②犹在军门。夜空遥望长星落，殆天为、勿说人因。更凄然，恸哭盈川，秋冷河滨。

当年诸葛何处？在岭前绿水，山后霞云。怕上高坡、松柏似见贞臣。庙宇巍峨云天外，袅青烟、衣冢犹存。愧来迟，叩相君③安，日月清魂。

注：①羽书：古代插有鸟羽的紧急军事文书。②司马：指魏军主帅司马懿。③相君：指诸葛亮。

桂枝香·赠友人

丁酉岁末,友人夜访,时值雪霁梅开,月食盈红,感慨赋诗。

有朋晚至,正故国腊冬,冰封千里。梅朵迎春切切,雪云初霁。华灯初上长安道,望城墙、彩旗风袂。夜登唐阁,读诗雁塔,时光如寄。

念你我、相知半世。叹故地重游,青春烟逝。燕赵关秦,高目怅然遮蔽。人生往事渐成空,但倾杯切莫伤尔。迎新辞旧,别情难舍,月红如醉。

苏幕遮·登华胥杏花岭

陌桃萌,河柳细。杏树飘香,岭上花如醉。夕照半藏山迤逦。灞水连天,水映春如洗。

故乡疏,童趣已。荏苒云飞,芳草惊年岁。晚谷寂寥风细细。明月斜斜,有梦何人寄?

唐多令·游曲江

曲水入泥香,野兔觅食忙。李桃残,叶密莺藏。四月春风匀展展,柳丝细,拂衣裳。

夕照绿芦长,几人流景伤。蓦回头,花季难尝?游客尽兴归暮色，星汉落，月苍茫。

千秋岁·登故乡杏花岭①

岭高云洁，风抚游人悦。柳似剪，花如雪。树枝鸣翠鸟，山谷遗青玦。春意染，人行画中随心撷。

家过情思切，往事如烟叠。童年忆，青春别。远看香满处，灞水声如咽。光阴迫，杏花酒醉当年节。

注：①杏花岭：杏花岭在蓝田华胥岭上。华胥：蓝田古乡镇。

千秋岁·夜游曲江

迎春细雨，淅沥飘江渚。青石滑，黄昏暮。柳丝桥上抚，苍鹭亭边住。游人少，风吹花树香船渡。

君久长安慕，几欲频思顾。今来晚，从头数。夜来寒意久，灯下迷春雾。诗林路①，蜿蜒直到君居处。

注：①诗林：曲江有唐诗石碑林。

南乡子·冬夜

霾重压城低，心似寒霜任意弥。不见南山黄菊谢，悲兮，要等春回大地时。

人世半成追，几处黄昏忆约期。霁雪初开清梦远，谁随？

长夜如诗月下垂。

千秋岁·南阳难行再致刘静诸君

约来聚首，古镇黄昏后。诸葛院，风吹柳。才看初月小，更叙十年旧。灯影细，虫鸣夏夜河边走。

寂寞人生久，欢乐常难凑。少年去，渐成叟。月西清梦远，挚谊几人有，聊一醉，诗情遥寄倾君酒。

满庭芳·夏日抒怀

七月流金，夏阳宜梦，午阴高树鸣蝉。登临远目，云白绕山巅。麦垄连天黄透，堪画处、绿浪红莲。耳清静，潺潺溪水，桥柳舞前川。

留连，惊蓦看，寸阴虚掷，韶景云烟。问旧时月光，几许窗前？西岭暮云冉冉，翠风细、竹影阑珊。凝望久，举杯邀月，陪我醉时眠。

点绛唇·梅

瑶宴先来，谁携楚楚过香径。月清云静，一弄吹高影。

雪落迟迟，心思何人省？天地迥，且将冰滢，化尽三春赠。

满庭芳·雪思

小雪飘兮，蒹葭老矣，风吹陌上清寒。鸟禽无迹，河水敛腾喧。远处渔夫数点，独自坐、垂钓悠然。入林景，红黄仍在，何处旧时颜？

牵牵，曾记得，柳花似梦，心思如弦。任月华水流，往事如烟。荏苒时光相迫，不经意、鬓角添斑。苍云暗，雪花扑面，地面软如毡。

扬州慢·秋上灞柳

灞柳迎秋，浐河送夏，岸边早晚清凉。听蝉鸣平野，见人换秋装。举望眼、游云如絮，雁南飞远，秦水深长。渐黄昏，芦花斜斜，金色田桑。

岁阴迫迫，几曾何、叶茂花香。叹妙笔神调，难留梦忆，青少仓忙。半月风吹桥上，随流水、萦绕千肠。念依依枝柳，谁知几许苍黄？

扬州慢·过马嵬驿

马驿之西，衣冠之冢，梦魂漂泊难栖。漫秋风尘起，感高岭烟迷。墓园静、霜生石像，画廊[①]犹唱，长恨歌题。渐黄昏，夕阳斜照，低岭残碑。

君王情重，解言花②、朝夕相宜。纵誓伴生生，白绫三尺，赐爱霞帔③。月照田垄依旧，寒蛩④切、黄叶香泥⑤。念牵牛溪水，年年爬满槐枝⑥。

注：①画廊：杨贵妃墓园有《长恨歌》画廊。②解言花：唐明皇赞贵妃为解语花，意谓贵妃最可人解意。③赐爱霞帔三句：意谓恩爱语犹在，竟白绫赐死。霞帔，古代贵妇人才有的装束。④蛩：蟋蟀也。⑤香泥：传贵妃墓泥土有香。⑥溪水句：意谓李杨生前誓做连理爱的誓言还不如牵牛花年年有情。

满庭芳·六月终南山下

樱李红鲜，麦畴黄熟，满川桃杏飘香。终南山下，一片阜盈望。人去鸟禽自乐，小桥外、垂柳池塘。凭栏眺，轻风拂面，云过雨丝长。

微凉，穿户燕，争夸剪剪，相爱双双。叹冉冉溪水，岁月苍茫。曾是风流年少，倏然忆、几许思量。山如黛，与君共醉，明月过东墙。

踏莎行·乙未中秋

叶落无情，霜临有序，平川漠漠云分聚。花红满院忆犹新？秋风又吹高台树。

月上东山，人依栏柱，细将心事窗前数。夜深孤寂月西移，二河①潆绕如丝缕。

注：①二河：指神禾塬上滈河和潏河。

行香子·终南春

草软泥松，雨细风融。三月暮、行色匆匆。穿林过陌，绿意填胸。正画眉啼，燕子舞，蜜蜂嗡。

终南绰约，桑田纵横。飐帘旗，何见牛童？时光如梦，溪水淙淙。看油花黄，麦苗绿，小桃红。

眼儿媚·夏梦

春去夏来水先知，湖碧草儿肥。交头白鹭，扑花蝴蝶，黄鸟鸣枝。

昼长梦断风声里，欢乐几多时。彩云易散，流年催老，明月迟迟。

满庭芳·终南雪

陌上风吹，终南雪落，依依暗换新妆。层林纱裹，山色闻清香。人静飞禽匿迹，溪流下、冰冷池塘。凭阑久，五台深处，心思两茫茫。

凝望，笺素①落，盈盈字迹，寂寂心肠。忆腊梅初放，淡月昏黄。又到一年送旧，何倦倦、欲待春芳？任随意，金樽煮雪，容我醉丝簧②。

注：①笺素：书札。②丝簧：音乐。

南乡子·梅

寂寂有谁知？单为冰花诉念思。昨夜梦中三弄曲，迷离，正遇佳人晚雪时。

年暮百花颓，幸有瑶池下舞姿。共饮一杯君莫醉，珍之。霁月风香暗自随。

望江南·梅（双调）

秦岭雪，纷洒绕山涯。素手轻牵池下柳，孤村闲看树梢鸦，阡陌满香爬。

梅韵袅，寒重影疏斜①。踏月姜夔②吹横笛，报春陆凯③送幽花，今夜雪沙沙。

注：①影疏斜：林逋咏梅诗："疏影横斜水清浅"。②姜夔：南宋词人。有"梅边吹笛"佳句。③陆凯：南朝诗人。《咏梅诗》云："折梅逢驿使，寄与陇头人。江南无所有，聊赠一枝春。"

踏莎行·秦岭山下梅

风吹西园,雪飘秦岭,鸟禽无迹池塘影。斜横花树幽幽开,清香淡淡向天迥。

君约何迟?人空谁省?冰姿玉骨宜相称。芳英静待落樽卮①,为诗剪雪醉灯听。

注:①樽卮:酒杯。

眼儿媚·等雪

冬去殷殷盼新妆,寒透枝头香。非花非絮,叩窗叩户,巧弄丝簧①。

依稀梅吹兰箫约,雪月照池塘。红颜渐老,绿樽易泣,惜酒空觞。

注:①丝簧:丝,琴瑟也;簧,笙也。比喻雪飘美妙如音乐。

扬州慢·梅雪

疏密间间,淡浓巧巧,似涂南国丹青。叩千家万户,看婀娜娉婷。竞妩媚、漫随风舞,似思似诉,玉洁冰清。绕天涯、素笺殷殷,天籁无声。

梅香如故,只年来、华发催生。忆年少风流,竹林深处,雪月宜情。昔日何郎[1]渐老，金樽怯、赋淡词清。纵百情千意，凭谁问晶莹？

注：[1]何郎：何逊，南朝诗人，善咏梅。

西江月·春词（二首）

（一）

芳草幽熏南陌，柳丝轻惹春愁。凭栏望远接田畴，春雨流云过后。

花落一川红遍，风流半点娇羞。笛声月下上西楼，一梦青春谁负？

（二）

窗外眉山似旧，柳梢明月相酬。夜来灯下弄箜篌，总惹春风衣袖。

岁岁花开又落，双双燕去难留。欲倾相思水空流，弦曲谁人和奏？

满庭芳·终南雨霁

雨霁风停，山空人静，青烟翠雾晴柔。绿苔湿袖，高处惹回眸。泉水随心自去，过桥下、红叶如绸。夕阳外，平川漠漠，霞晚落田畴。

难留，云淡淡，草熏陌上，花映溪流。见月华伤老，涧石生幽。独倚山中倦客，谁人赏、月上西楼。愁难遣，酒浓人醉，清梦寄浮游。

踏莎行·夏梦

暑热渐浓，春芳已老，高蝉阴重声声了。荷花依旧弄清柔，谁家陌上少年闹。

槐影移时，纱轻缥缈，楼高风动无人悄。一帘夏梦入庭凉，夕阳绿树村边绕。

眼儿媚·庭台月

昨夜冰花住庭台，静静独皑皑。西窗把酒，梅边吹笛，逸思兴哉。

多情谁似雪中月，依梦半云开。灞桥柳下，春风陌上，曾忆人来。

浪淘沙·窗梅有寄

窗外两三枝，倩弄幽姿。香风夜过吹帘帷。望月凭栏移疏影，心思参差。

坐中客来稀，春饮几杯？铅华依梦又相催。踏雪访梅溪水长，陌上笛吹。

一剪梅·立春

云散冰消溪水潺。梨花院落，春意阑干。屋檐静待燕衔泥，风也牵牵，雨也闲闲。

景色一年正当看。不在香浓，不在枝繁。桃腮梅眼一丝寒。陌上鲜鲜，月上弯弯。

唐多令·元宵节

山水绿吹生，年华眼过行。几曾何、陌上青青。梅影半藏斜照雪，才梦别，又观灯。

河岸月儿升，柳杨婀娜迎。今夜宵、醉酒听笙。谁叫杏花香满院？欲与我，说曾经。

望海潮·春

桃红千瓣，梨开满院，熏风细雨奇葩。阡亩香香，黄莺恰恰，紫燕双落谁家？犹忆夕阳斜。正柳烟藏绿，薄雾轻纱。柔水含羞，暗送清丽入篱笆。

梦中行客堪嗟。见垂杨万缕，芳思天涯。春月醉觞，年华渐逝，幽幽山水清嘉。何处闻琵琶？倚楼望南陌，婆娑山牙。

忧思谁人听诉，明月煮新茶。

满庭芳·咏燕

风吹云柔，梨香桃粉，青青陌上如烟。过春社了，归屋意牵牵。几处寻思不是，西苑冷、蝴蝶偷眠。别来久，欲栖不定，真个误华橼。

年年如故旧，相知万里，殷候修笺。问雨丝，可曾湿了流年？薄暮芳园寂寂，相并语、又竟翩翩。先安枕，柳梢月挂，池畔梦儿鲜。

桂枝香·春游曲江

莺鸣燕语，正芳思交加，柳细桃妩。曲水柔柔似缎，丽妆盈女。短桨碧影摇桥洞，草波斜、误了归路。苇丛深处，鸳鸯交颈，低头苍鹭。

念岁月、来来去去，叹花早轻谢，暗换云树。春过常伤，流水又逢天暮。登高极目凭栏望，但湖寒牵衣风抚。千般心事，阑珊灯火，独窗倾盅。

扬州慢·春雨有寄

杏落难寻，桃红易谢，转兮三月伤残。听轻柔雨滴，怯丝许春寒。几杯酒、聊辞韶华,暗听莺叫,兼问脂胭。渐黄昏、陌上孤寂,杨柳垂烟。

光阴催老,有几多、欲说还叹。纵登极望过,依然濛空,依旧桑田。脉脉碧流轻敲,如殷问、燕子空笺。任雨丝牵我,烟波梦里行船。

一剪梅·三月

三月桑田草软香,桃泛胭红,柳色鹅黄。春阳如酒挂林梢,微醉兰桥,清曲船娘。

藜杖径幽粗布裳,不在莺啼,不在花芳。野风山渡吹匀匀,觅食雏凫,小艳疏妆。

苏幕遮·苏武牧羊

饿吞毡,干饮雪,白发风吹,屹立节旄[1]脱。夕照牛羊归圈歇,夜半无人,寄语乡思月。

利名降,年岁夺,万里孤臣,星日昭贞烈。暮返[2]长安亲故绝,天子垂怜,塞外寻余孽。

注:①节旄:符节上用牦牛尾做的装饰物。②暮返三句:苏武十九载后归来,亲属或杀或亡,仅余一子又受牵连被杀,宣帝派人塞外寻回苏武匈奴遗子。

踏莎行·游湖

风动垂杨，烟迷灞柳，柔波依旧栏边叩。陌头云过鸟婆娑，竹篙红满斜阳后。

月挂林梢，人逢邂逅，谁家楼上歌盈袖？一场春梦了无痕，酒醒残夜星如豆。

唐多令·春词（四首）

（一）

一缕柳丝长，满园桃瓣香。软东风、烟草池塘。燕子待归言旧事，回望远，水茫茫。

紫陌又菲芳，月胧醉酒觞。有几多、花季思量。恻恻轻寒空栅处，风微动，抚衣裳。

（二）

桃落满田畴，柳香飘雨柔。鸟鸣殷、碧水幽幽。村外梨花繁似锦，才几日，结青头。

南陌惹回眸，月津送行舟。三十年、梦断西楼。欲酿蕊花留暂住，沉醉里，岁阴偷。

（三）

红落了无痕，春归一梦分？觅天涯、风漫迷津。轻雨不知烟柳怨，扬扬洒，舞村邻。

来去意缤纷？流光总迫殷。岁岁回、候待君门。欲把相思谁诉听？夕阳落，月清陈。

（四）

风老送花时，叶深藏鸟窥。晃忽间、春别难追。燕子窗前言旧事，飞剪剪，意离离。

雨下柳丝垂，陌桑翠色滋。叹年华、流水谁知。酒醒楼高凭望怯，烟波远，信难期。

唐多令·清明雨（二首）

（一）

清雨断魂时，隔生洒梦知。欲语何、缤乱如丝。恻恻行人乡土行，云低瞑，草离离。

夜夜梦中期，年年烟下泥。伫眸望、山雾凄迷。一点火寒青冢湿，闻雨响，树鸦啼。

（二）

青冢雨中凉，高冈风吹长。暗销魂、酒泪倾觞。一缕火随烟梦去，呢喃语，对昏黄。

陇上望云苍，浮生年月忙。岁挂牵、两世相望。若有来生重惜缘，雨丝密，结千肠。

江城子·清明送春

清明寒食送花残。雨依怜,柳如烟。春欲何归?花去叶儿叹。陌上乳燕轻剪剪,胭脂落,水流寒。

昨宵雨歇独凭栏。望春山,月晴寒。风吹人归,灯下语闲看。欲付流云无作凭,楼高处,闻丝弦。

苏幕遮·四月(二首)

(一)

柳丝轻,山黛聚。春色无边,陌染青纱雾。云朵鲜鲜心伫伫。欲走还停,随意杨花舞。

袅炊烟,听燕语。溪水潺潺,风吹黄昏树。古道依然思客旅。桑陇匆匆,暮色归田父。

(二)

柳丝长,桃杏了。四月晴晴,恰恰春光好。燕子双飞夸剪巧。轻点烟波,绿树村边绕。

雨无声,荷未闹。四月鲜鲜,楚楚佳人貌。云白如丝山悄悄。陌上草薰,柔意正闲钓。

行香子·四月觞

草暖泥香，叶茂池藏。南陌清、淡抹云妆。风吹燕语，鹭逐波浪。见翠林幽，篱笆矮，水流长。

桃花寥落，春思惆怅。问东风、谁吹霓裳？青春一梦，四月匆忙。但赏烟霞，听箫笛，醉花觞。

苏幕遮·秋词

晚秋浓，残叶柳。山色空濛，霜下格桑秀。雾漫终南舒广袖。幽淡冰魂，随意风流镂。

暮烟轻，夕照后。陌上清清，相约韶华负。莫等月明池下逗。今夜花阴，好梦留邂逅。

眼儿媚·灞上秋月（二首）

（一）

残柳愁荷去浓妆，芦苇老秋娘[1]。西风乍起，清江翻卷，惊动鸳鸯。

何时灞上迟迟月？怅影映昏黄。烟波凝望，兰舟渐远，横笛吹商[2]。

注：①秋娘：知了。②商：五音之一，音乐。

（二）

淡淡清风弄轻柔，时令静幽幽。夏天过了，花谢叶落，荏苒浓秋。

凭栏怅望终南远，寂寞接田畴。黄昏横笛，高蝉唱晚，月上西楼。

踏莎行·秋池

小雨初停，池塘寂冷，轻纱白雾终南影。秋燕不管故乡还，依然剪剪夸争骋。

蝶藏花心，珠滴蛮[①]听，鹤飞平陌黄昏暝。风流一并拾收归，一场幽梦过残更。

注：①蛮：蟋蟀。

南乡子·为大学同学卅年聚会而作（三首）

（一）

忆昔去签名，柔雨秋高细柳迎。名簿乱翻人不识，羞生，儿女风流正娉婷。

同学四年并，一路青春月满盈。卅载岁阴如梦过，思卿，月挂长安笑酒醒！

（二）

忆昔共同窗，单骑并驰过陌桑。英俊三秦年少客，粗装，翠华湖深荡桂浆。

今夜醉流觞，卅载思量更漏长。月挂树梢光影过，微凉，常宁山风吹衣裳①。

注：①常宁：同学聚会在终南山下常宁宫里。

（三）

七月日融融，云淡天高万里空。相约卅年回故校，重逢，车马匆匆尽向东。

倾酒诉情衷，往事依稀梦渐空。一任凭栏遥望月，朦胧，夜半不眠醉柳风。

诉衷情·常宁宫大学同学聚会

重逢常忆卅年前，九月柳如烟。风流红颜如画，儿女正当年。

从别后，意萦牵，梦惊弦。人生如梦，且醉欢筵，夜月初圆。

阮郎归·常宁宫忆旧

古城半夏碧荷丰，常宁相聚中。卅年凡尘逝如风，金樽为君空。

醉红颜,说青葱,风流意气同。歌罢高台望天穹,南山月朦胧。

阮郎归·秋到曲江

曲江秋到吹风兮,烟波漫岸堤。野凫尖喙觅食时,柳黄叶似眉。

荷露重,早葭依,红枫掩竹篱。谁人轻舫韵低回,隔山问画鹂。

高阳台·读《纳兰词》[1]

霁月难逢,佳云易散,冷风吹老华年。过往萦萦,梦中又是从前。秋来落叶飞楼阁,正清凉、君应无眠。凭栏杆,欲说还休,竹影灯阑。

人生何处寻初见?况繁花流水,碧草荒烟。写满离愁,依然难尽悲欢。君心本是玲珑秀,最痴情、尽付诗笺。莫伤叹,帝召文星,梦挂天边。

注:①《纳兰词》:后人编著的纳兰性德词集。

汉宫春·读《纳兰词》

天妒英才,看风流自古,雨打风吹。斜阳草陌见惯,离别悲啼。君才而立,正当年、一别难追。梦已远、新词依旧,天涯更觅心知。

谁叫浮生如梦,纵世多薄幸,总有情痴。秋来时序又转,鬓染双丝。年华不再,叹沉浮、明月谁携?心倦倦、真情易写,萦萦不是当时。

点绛唇·终南格桑花

冷艳冰姿,清妍不与浮花竟。薄纱雾冷,风雨敲秋影。

君约何迟?征鸿远天岭。倾耳听,有溪流哽,此意何人省?

眼儿媚·秋登杜陵塬

杜陵①秋过吹衣裳,陌上染清霜。柳昏荷暝,青黄小枣,曾是宫墙。

多情谁似日西下,唤露月相望。晚蝉独唱,浐滴②环绕,汉代高冈。

注:①杜陵:汉宣帝刘询寝陵。在西安东南杜陵塬上,周围有

王皇后等数十贵戚达官陪葬墓。②浐灞：浐河与灞河，古长安八水，在杜陵塬上。

淡黄柳·春词

春花谢了，人莫知归处。难舍垂杨千万缕。行客迷津暗渡，风吹江南旧时雨。

念思付，黄昏凭窗暮。箜篌弹，难弦抚。怕更阑①曲尽无人顾。往事如烟，几曾幽梦？唯有雨声细数。

注：①更阑：夜深。

汉宫春·暮春雨后

春色匆匆，看香随流水，花落天涯。风吹雨叩窗户，低燕篱笆。南山迟暮，白雾湿、眉黛横斜①。春恨重、深垂灞柳，烟波谁系渔槎②？

回首风流年少，纵踏青觅胜，芳思交加。碧溪幽径乱分，误入人家。无痕春事，只留得、旧梦新茶。空叹处、人觞花老，雨过明月清嘉。

注：①斜：古音读 xia。②渔槎：打渔的小船。

唐多令·山行

松冷暗香盈，涧流幽草生。目回凝、阡陌纵横。几朵闲云随意去,与烟雨,共消停。

春意石阶行,心思云伴升。旧风情、还听泉声。欲问芳华归几许?蝶乱舞,恋娉婷。

唐多令·沙河①游

泉涌白云巅,水漫关中田。碧波声、烟雨楼船。知我远来南岭眺,沙鸥舞,绿香莲。

山水相连天,柳丝随梦牵。禹穴幽、石草呜咽。暮色晚看青苇冷,明月照,古神川②。

注:①沙河:沙河又名骆河,发源于秦岭骆峪,传说大禹就出生于骆峪。有禹穴存焉。②古神川:古老秦川,秦川泛指今陕西、秦岭以北的关中平原地带。

满庭芳·云冈石窟

塞外①边关,武周②南麓,横空石窟惊天。凿山造像,神斧削天镌。云曜孝文③弘思,礼佛祖、沐浴清莲。东西贯,绵延万里,烟景落神川。

漫漫,千载袅,水敲石鼓,灵境寒泉④。看麦积龙门,悉拜尊前⑤。铁马金戈慕汉⑥,风流起、白黑山间。凭栏久,依稀星汉,明月照山峦。

注:①塞外:大同为塞外古城。②武周:武周山。云冈在武周

山南麓。③云曜孝文：指云冈石窟之开创者云曜高僧和魏孝文帝。④石鼓、寒泉：指第一窟石鼓洞和第二窟寒泉洞。⑤麦积龙门句：麦积山石窟和龙门石窟都借鉴云冈石窟之建筑艺术。⑥铁马三句：北魏鲜卑族崇尚武功又心慕汉文化，崛起于大兴安岭白山黑水间。

唐多令·参加大学语文研讨会有感

飞雨落汾阳①，云风过贾庄。又重逢、杏酒花香。说史论文探大道，柳丝润，夜清凉。

卅载暑寒长，几多齑染霜。火薪传、春秋正忙。汾水悠悠东逝去，披星月，上红冈②。

注：①全国大学语文第三十二届年会在山西汾阳贾家庄举行。②上红冈：下届年会拟在江西井岗山举办。

一剪梅·夏夜

夜静楼高风吹吹，胸襟淡淡，茶沁人怡。远山隐隐送云轻，田埂禽鸣，月挂笆篱。

春去夏来溪水知，兰舟轻过，星汉偷移。莫叹流梦又虚回，催雨荷塘，蕉绿诗题。

满庭芳·为新春咸阳同学会而作

晴日柔柔，春风细细，池塘芽草闻鲜。元灯观了，正是乐游天。远处有朋来矣，迢迢路、相约秦原。过桥渡，车如流水，云送渭河船。

言欢，醇味久，卅年有六，历历樽①前。念杏园初逢，雨柳生烟。莫叹人生似梦，歌兴尽、舞弄清弦。今宵夜，咸阳半月，醉酒伴吾眠。

注：①樽，酒杯。

扬州慢·华胥陵抒怀

丙申农历二月初二，俗称龙抬头。海内外华人齐聚蓝田县华胥镇，恭祭华夏始祖母华胥氏。赋诗记之。

骊麓之南，灞河之北，诸华始祖①斯居。过红桥②十里，千岭汇华胥。想当日、娲皇太昊③，补天造字，文教开初。岁阴长、断碑残忆，都付村墟。

龙头二月，祭神英、天地须臾。看人世何年？溪流一脉，垂柳如梳。念我故乡情暖，梨花谷、白雪新涂。但登高临远，春风满饮千觚④。

注：①诸华始祖：诸华：华夏。始祖：女娲伏羲母亲华胥氏。②红桥：红河桥。红河：华胥镇东红河沟，古为水泊，称华胥渚。传说为华胥氏生女娲之地。③娲皇太昊：女娲及伏羲。④觚：酒杯。

满庭芳·欣迎日本神奈川汉诗联盟访问团

戊戌中秋，日本神奈川汉诗联盟访问团光临古都，宾主以诗会友，挥翰高歌，把酒言欢，赋诗赠之。

菊满长安，香飘神土，佳宾来自东瀛。风尘仆仆，遍访古名城。高唱汉诗遗韵，挥笔墨、凤舞龙腾。同文种，唐风拂面，灯下听瑶筝。

悠悠千载过，晁卿何在，隔海留声。念诸君，踏浪来结诗盟。杖履仙翁[①]豪迈，好李杜、诗意纵横。西楼醉，夜阑深处，离别月轻轻。

注：①仙翁：指日本81岁高龄的住田笛雄先生。性格豪迈，喜爱李杜诗歌。

卷二

陶轩诗评

君子贵独立

——简论明初诗人高启其人及其诗

高启是明初最著名也最具悲剧性的诗人之一。他"诸体并工,天才绝特,允为明三百年诗人之首"①,这样的评价是公允的。

一

高启(1336—1374),字季迪,号青丘子,长洲(今江苏苏州)人。祖籍河南开封,先人随宋室南渡,居于临安山阴。元末他避战乱,迁居长洲。他自幼聪颖,酷爱诗,年十六即以诗闻名于吴中,与杨基、张羽、徐贲被推崇为"吴中四杰"。当时论者将他们与"初唐四杰"相比拟。

元末天下大乱,群雄割据,张士诚据吴称王,闻高启名,屡屡招致,高启不为所惑,与张士诚始终保持一种不即不离的

---

① 陈田:《明诗纪事》甲签卷七,上海古籍出版社1993年影印本,上册,第162页。

关系。后隐居吴淞青丘，自号青丘子，博览群书，刻意攻诗，歌咏终日以自适。朱元璋夺取天下后，他于洪武元年奉诏入京纂修《元史》，授翰林编修，不久擢户部侍郎。他以"年少不敢遽膺重任"坚辞，被赐金放还。其实，真正的原因在于他对仕途险恶的恐惧。他深知朱元璋猜忌成性，深知自己豪宕不羁的思想性格是封建秩序所不能容忍的，他要隐退，要避祸。《效乐天》一诗真实地反映了他的思想："辞阙是引退，还乡岂迁逐……请看留侯退，远胜主父族。我师老子言，知足故不辱。"归里之后，他还为"蒙恩赐还，无投荒之忧"[①]而窃喜，认为自己的命运比韩愈、苏轼的贬谪要略胜一筹。但严酷的现实打碎了他的幻想，朱元璋并没有放过他。

洪武六年，苏州知府魏观因将府衙修建在张士诚王宫的遗址上而获罪，而《府治上梁文》又为高启所撰，中有"虎踞龙盘"之句，触犯了朱元璋的大忌，一怒之下，将二人论以腰斩。

高启被杀，众说纷纭。朱明王朝建立后，东南地区，特别是吴中的知识阶层，对新王朝并未显出特别的热情。张士诚治吴十年，颇为好士，当时吴中之文人名士，多被其笼络。朱元璋攻吴，历经十月之久，可见吴中士民，曾顽强抵抗朱元璋，这就使朱元璋对吴中知识阶层，抱有很深的猜忌。高启曾在张士诚手下任职，又为魏观撰《府治上梁文》，朱元璋自然要大怒了。至于说高启曾写《宫女图》诗"小犬隔花空吠影，夜深宫禁有谁来？"被朱元

[①] 高启：《高青丘集·凫藻集》卷三《赠钱文则序》，上海古籍出版社1985年标点本，第889页。

璋认为在嘲讽自己，慊而未发等，则有些牵强。总之，高启及投江而死的张羽，受贬而死的杨基，死于狱中的徐贲，都是朱元璋封建专制、文化高压政策下的牺牲品。一代天才的诗人，在风华正茂之时，便惨死在封建专制的屠刀之下，这是时代的悲剧。

二

高启虽然只活了三十九岁，却创作了大量的诗篇，仅流传至今的就有两千余首，这些诗内容广泛，艺术成就较高，真实生动地反映了他的生活阅历和思想性格。

读高启的诗，时时感受到一种难以名状的悲哀，一种欲罢不能的孤独。"其沉思郁结，常似幽忧失志之为。"① 他总是写个人的悲愁和感受，以自己独特的心境，照万物，照人生，通过个人强烈的主观意识，强烈的内心感受，折射出时代的风雨。写忧愁："思我平生欢，高坟郁垒垒"，"我居久离群，忧襟向谁写"（《秋怀十首》）；写孤独："孤怀谁知音，惆怅临水曲"（《九日无酒步至西门闲眺》），"不向此乡居，飘零从何处？"（《渡吴淞口》）。他把自己比作"孤雁"，比作"孤鹤"，比作"年年风雨荒台畔"的百花洲。我们看他的《孤鹤篇》：

凉风吹广泽，日暮多浮埃。

---

① 高启：《高青丘集》附录《金檀·凫藻集序一》，上海古籍出版社 1985 年标点本，第 1024 页。

中有失侣鹤，孤鸣迥且哀。
修羽既摧残，一飞四徘徊。
矫首望灵峤，云路何辽哉。
渚田有遗粟，欲下群鸿猜。
岂不怀苦饥，惧彼罗网灾……

诗中哀鸣阵阵，翅断羽残，欲飞无力，欲宿无门，时时忧惧罗网之灾的孤鹤形象，既是身处封建专制下诗人自己的写照，也是战乱年代，颠沛流离命运不能自己掌握的广大人民生活的反映。而《池上雁》一诗，更明白地道出个人受到压制以后的悲哀和寂寞：

野性不受畜，逍遥恋江渚。
冥飞惜未高，偶为弋者取。
风露秋从阴，孤宿恋残羽。
岂无凫鸟鹜，相顾非旧侣。
朔漠饶燕云，梦泽多楚雨。
遐乡万里外，哀鸣每延伫……

这种翱翔不能，自由的翅膀被束缚、被摧残的孤雁的悲哀和孤独，更能揭示诗人痛苦的内心世界。高启这种孤独和悲哀，在宋人诗中看不到，在唐人诗中更看不到。唐代诗人也有忧郁和惆怅，但这种情绪要么是壮志难酬、报国无门的悲叹，要么是青春年少时期对人生与宇宙哲理反复咏叹后，忽然觉悟时的淡淡的哀伤，而透过人生短暂，壮志难酬的字句，仍可感到他们对这欢愉人生的眷念之情。而高启的自我比拟，要么是"终惧遭笼羁"的野马（《喜家人至京》）；要么是失侣徘徊的孤鹤（《孤鹤篇》）；要么是身罹罗网，失去自由的孤雁（《池上雁》）（这些野马、孤雁等意象都有一种挣脱牢笼的抗争），这表现出作者渴望自我又失去自我的悲哀，是自由的生命因得不到生命的自由的悲哀。这种悲哀，倒是与魏晋六朝诗人有相似之处，我们在魏晋六朝诗人，特别是嵇康、阮籍等的诗中，常能见到这种悲哀。如嵇康《赠秀才入军十九首》，常以失侣的孤鸟的哀鸣。来表现自己对自由的向往："双鸾匿景曜，戢翼大山崖，何意世多艰，虞人来我维，云网塞四区，高罗正参差。"所不同的是，随着封建社会走向衰落，封建专制也越来越严酷，高启的悲哀比魏晋六朝诗人更为沉重。

的确，高启一生都在为割断现实的羁绊而苦苦抗争，生在动荡的年代，他极力与现实政治保持距离，他不为张士诚"好士"所惑，亦不为朱元璋高官厚禄所诱，这种对政治仕途极为厌倦、冷淡的态度，在中国古代知识分子中是较为罕见的，表现出一种强烈的文人意识。中国传统的封建知识分子，一般都以儒道思想作为自己人格的基座，以"穷则独善其身，达则兼济天下"作为自己的人生哲学，以"修身、齐家、治国、平天下"作为自己的人生理想，要实现这种理想，就必须依附于一定的政治势力，必须压抑自我主体意识，甚至以失去自己的文化人格为代价，李白、杜甫如此，苏轼也是这样。而高启则显然不愿走传统的封建知识分子所走的路，极力追求一种独立的人格与精神上的自由，"君子贵独立，依附非端良"（《赡木轩》），他不愿为功名富贵而牺牲一个艺术家独立的人格，生来就是为艺术而生的，"平生无事迫，辛苦为寻诗"（《临顿里十首之四》），写诗的目的就是追求一种自得之乐："盖所以遣忧愤于两忘，置得失于一笑"①。这种为艺术而艺术的思想，与儒家的美刺教化、带有明显的功利主义的文艺思想，有很大的不同，其与老庄的美学思想接近。老庄提倡要保持自己恬淡的生活，摒弃外界纷繁杂沓的干扰，以求得内心的虚静和精神上的超越，这种思想影响到文学艺术，则是一种含蓄冲淡、自然悠远的审美情趣，一种以对内心体验的表现为主的艺术思维形式。高启的人生哲学、诗歌创作，显然都受到老庄思想的影响。他诗云："我师老子言。"（《效乐天》）自言："时虽多事，而以无用得安于闲。"②他处处避祸，极力摒弃动乱的外界："发言恐有忤，蹈足虑近危。"（《我昔》）"辞阙是引退，还乡岂迁逐。"（《效乐天》）到最后连出游都觉得厌倦，只求在平静自适中了此一生："人生贵安逸，壮游亦奚为？"（《我昔》）这种无为的避世思想，既是他对朱元璋极权统治、文化高压政策的消极反抗，也是在当时社会中保持独立的文化人格，维持

---

① 高启：《高青丘集·凫藻集》卷三《娄江吟稿序》，上海古籍出版社 1985 年校点本，第 893 页。

② 高启：《高青丘集·凫藻集》卷三《缶鸣集序》，上海古籍出版社 1985 年点校本，第 906 页。

精神自由的一种体现。但高启毕竟是一豪宕不羁的诗人，消极的避世，明哲保身的处世方法，必然要以压抑自我为代价，与他独立的文化人格发生冲突，也与其浪漫率真的诗人气质有悖。他不愿避世，而现实又迫使他不得不避世，这使其常处于一种痛苦的两难选择之中："居闲厌寂寞，从仕愁羁绊。两事不可齐，人生苦难足。"（《晓起春望》）"何无四方志，恋此一室静；问途欲晨征，畏践霜露冷。"（《秋怀十首》）

高启的这种悲哀和孤独具有时代性。宋元以后，封建社会逐渐衰落，传统的儒家思想，特别是两宋以来占统治地位的程朱理学受到人们的怀疑，随着商品经济的发展，人们的自我意识逐渐增强，对物质生活的渴求也越来越强烈。哲学上陆象山提出"宇宙即吾心，吾心即宇宙"的观点，将宇宙看成"心"的产物，把世界上的一切看成"我"的产物，这种重视人肯定人的生活欲望的哲学思想，在元末明初影响很大，以杨维桢、高启为首的江浙文学深受其影响。杨维桢的诗就常常表现出一种把个人凌驾于一切之上，置一切传统观念于不顾的放荡而寂寞的情绪，如他的《大人词》《花游曲》《城西美人歌》等诗。高启诗中的悲哀虽然与杨维桢诗中的放任自我有别，也都是陆象山重视个人，肯定自我的哲学思想影响文学的产物，他的悲哀是时代的悲哀。

三

后人推许高启为有明三百年诗坛的巨擘，综观其诗，这种评价毫不为过。他的诗有以下特点：

第一，拟古而不为古所囿，摹拟而能自出新意，妙笔仙心，神韵自见，诗中充满着奔放不羁的才情。

高启形容自己写诗是："斫元气，搜元精，造化万物难忍情。冥茫八极游心兵，坐令无象作有声。"（《青丘子歌》）这样卓特的诗人气质，使他能随事命意，遇景得情，纵横变化，而不拘泥于一体之长。他豪宕的才华、凌厉的气势，在《登金陵雨花台望大江》一诗中，表现得最为淋漓尽致：

> 大江来从万山中，山势尽与江流东。
> 钟山如龙独西上，欲破巨浪乘长风。
> 江山相雄不相让，形胜争夸天下壮。
> 秦皇空此瘗黄金，佳气葱葱至今王。
> 我怀郁塞何由开，酒酣走上城南台；
> 坐觉苍茫万古意，远自荒烟落日之中来。
> ……
> 从今四海永为家，不用长江限南北。

诗的开篇即以跌宕、豪纵的笔触描绘纷繁重叠的物象，令读者神摇目眩，之后诗句纵横古今、包罗万象、悲壮慷慨，将"虎距龙盘"的金陵壮丽的景色，自己触景生情的慨叹和对祖国重新统一的喜悦等，酣畅淋漓地表达出来，令人激动不已。全诗波澜壮阔，一气呵成，显示了过人的才情。《青丘子歌》

虽模仿李白，但也写出高启那疏狂豪迈、恃才傲物、不羡功名富贵、不为礼法所拘的性格。其他像《将军行》《醉酒赠宋仲温》《登阳山绝顶》等七言律诗，豪放、雄浑，虽师盛唐，而神韵真气自在。

第二，善用典故，浑然天成。

高启写了许多怀古诗，也很喜欢在诗中用典，诗中的典故常与整体诗浑然一体，显得非常熨帖。如《岳王墓》：

> 大树无枝向北风，十年遗恨泣英雄。
> 班师诏已来三殿，射虏书犹说两宫。
> 每忆上方谁请剑，空嗟高庙自藏弓。
> 栖霞岭上今回首，不见诸陵白露中。

全诗悼念民族英雄岳飞，上下千古，包罗浑涵，意境深邃，气韵雄壮，融议论于神韵之中。诗中用汉朱云请剑斩奸臣和刘邦诛功臣的故事，切合时地，感染力很强。再如《被召将赴京师留别亲友》：

> 长送游人作远行，今朝还自别乡城。
> 北山恐起移文诮，东观惭叨论议名。
> 路去几程天欲近，春来十日水初生。
> 只愁使者频催发，不尽江头话别情。

这是诗人奉诏进京编纂《元史》，临别前留别亲友的诗，真切地描绘了诗人此时的心情：戒备、疑虑、惧怕，不欲行又难违圣旨。诗中用孔稚珪《北山移文》嘲周颙出仕的典故和后汉东观编史的故事，自然、熨帖，揭示了诗人复杂矛盾的内心世界，表现出卓越的艺术才华。清赵翼评高启用典："盖其用力全在于使事用典，琢句浑成，而神韵又极高朗。此正是细腻风光，看似平易，实则洗练功深。"① 可谓至论。

第三，清新、飘逸、爽朗、雄健。

高启诗诸体并工，转益多师，善于用不同的体裁和风格表现不同的内容，在诗歌艺术上是个多面手。从他留下的两千多首诗看，他上自汉魏六朝盛唐，下至宋元诸家，如李白、杜甫、岑参、王维、孟浩然、韩愈、黄庭坚、苏东坡等，无所不拟，广取众家之长，推陈出新，形成自己独特的风格。他才气豪健而不剑拔弩张，辞句秀逸而不字雕句绘，"微如破悬虱，壮若屠长鲸，清同吸沆瀣，险比排峥嵘"（《青丘子歌》）。《青丘子歌》《登金陵雨花台望大江》《题天池石壁画》《戎王追夔图》《春初来》等歌行体，雄健豪迈，洋溢着奔放不羁的才情，而《姑苏杂咏》等一些描绘自然风貌、风土人情的诗作，又给人以清新、自然之感。如：

野虫催响天将夕，篱豆垂花雨稍寒。

---

① 赵翼：《瓯北诗话》卷八，人民文学出版社1998年点校本，第162页。

终卧此乡应不憾,只忧漂泊尚难安。

——《秋日江居七首》

轻衣软履步江沙,树暗前村定几家。
水满乳凫翻藕叶,风疏飞燕拂桐花。
渡头正是横渔艇,林外时闻响纬车。
最是黄梅时节近,雨余归路有鸣蛙。

——《初夏江村》

描写故乡的山水,饱含真情,清新自然,不假修饰,浑涵从容,如"清风徐来于修篁古松之间,铿然成韵,略无矫饰"[1],颇有唐人风韵。再如《梅花九首》(其一):

琼姿只合在瑶台,谁向江南处处栽?
雪满山中高士卧,月明林下美人来。
寒依疏影萧萧竹,春掩残香漠漠苔。
自去何郎无好咏,东风愁寂几回开。

构思新颖,韵味高致醇美,极有神韵,给人以超凡脱俗之感,梅花风韵与诗人风骨相映。许多诗句如"雪满山中高士卧,月明林下美人来"等,传诵一时,流传很广。

前人评高启,多批评他拟古而未能自成一家,如《四库全

---

[1] 高启:《高青丘集》附录《书后》载高德评,上海古籍出版社1985年校点本,第1012页。

书提要》评:"殒折太速,未能熔铸变化自为一家,故备古人之格,而反不能名启何格。"① 今人也说他:"未能熔铸洗炼,自成一家。"② 这恐怕也欠公允。高启在元季异军突起,一扫元代绮靡的文风,其诗没有一丝纤巧荏弱之气。除早年摹拟作品外,大部分诗歌风格还是明显的,诗如其人,刚健、清新。古人论诗有"刚健含婀娜"③之语,以此评价高启诗,也是很恰当的。

综上所论,高启既是明初最有才华和最具悲剧性的诗人,也是明代最优秀的诗人。他渴望自由而始终难得自由,企盼飞翔而终身罹网罗,其悲剧是时代的悲哀,而他的创作实践,特别是他兼取众长,善于吸取前人创作经验的方法,对我们今天如何借鉴、学习古代优秀的文化遗产,也很有启迪意义。

---

① 高启:《高青丘集》附录《四库全书提要》,上海古籍出版社1985年校点本,第975页。

② 游国恩等:《中国文学史》第4册,人民文学出版社1993年版,第64页。

③ 《苏轼诗选注·与子由论书》,百花文艺出版社1982年版,第7页。

哀怨凄婉，情余于文
——从两组诗看清初文人的幻灭感

清初有两组诗传诵大江南北，极具震撼力。这就是吴伟业的《圆圆曲》与王士禛的《秋柳四首》，本篇从分析这两组诗入手，探究清初文人的悲哀和幻灭感。

一

明末清初是一个天翻地覆的时代，朝代更迭，政局动荡。生活在这个时代的知识分子命中注定要受到忠诚、良心、道德的考验和情感的折磨，生活在这个时代的小人物更是难免要受到命运的作弄。吴伟业的《圆圆曲》震撼人心的不是无情地讥讽吴三桂"冲冠一怒为红颜"而引清军入关，而是通过对陈圆圆命运的描述，寄托了作者自己在"天崩地裂"的时代对人生、命运的感慨。《圆圆曲》尽管写当时史实，但着眼点于社会动乱中的个人，尽管讥讽吴三桂，但更多的是同情一个歌伎在历史动荡中的命运。陈圆圆本是一个普通的歌伎,先是被皇戚田弘遇买来送崇祯闲来散心解闷,但皇帝不感兴趣,又送归田府,成为田弘遇宠姬,因被吴三桂看中,又被田弘遇送给吴三桂为妾,后被李自成掠去,最后又被吴三桂夺得,忽而享受荣华富贵,忽而跌入深渊,一个弱女子就这样如蓬草般在时代的风雨中飘来荡去,毫无反抗的余地:

> 横塘霜降去如飞,何处豪家强载归?
> 此际岂知非薄命,此时唯有泪沾衣。
> 熏天意气连宫掖,明眸皓齿无人惜。
> 夺归永巷闭良家,教就新声倾坐客。
> 坐客飞觞红日暮,一曲哀怨向谁诉?

一开始我们只是对陈圆圆命运产生同情,但读着读着,一种人生幻灭感油然而生且越来越强烈:

> 全家白骨成灰土,一代红妆照汗青……

这分明告诉读者,人生所有的一切都是毫无意义的,都是徒劳的,到头来都是一无所有。即使经过巨大的痛苦与代价之后,所获得的一切仍将逝去:

> 君不见馆娃初起鸳鸯宿,越女如花看不足。

香径尘生鸟自啼,屧廊人去苔空绿。
换羽移宫万里愁,珠歌翠舞古梁州。
为君别唱吴宫曲,汉水东南日夜流。

陈圆圆如此,吴三桂也是这样。

二

《秋柳四首》为王士禛的成名作。顺治十四年他在济南大明湖与诗友聚会,赋秋柳四章,一时和者甚众,大江南北广为传诵。此诗虽题秋柳,而实非咏柳。诗人以隐喻的手法,婉曲地表现出时人对亡明的眷恋与怀念,并由此而引发出对整个人生虚幻、盛衰无常的慨叹,抒写了因美好事物的消逝所引起的心灵的震撼和深深的幻灭感。

第一首,以白门柳起兴,写秋柳憔悴,惋惜韶华易逝。第二首,写秋柳情态,并咏叹前人因柳兴感寄怀的事迹。第三首,借咏柳,感慨盛世不能永长。第四首与第三首意同。我们看第一首:

秋来何处最销魂,残照西风白下门。
他日差池春燕影,只今憔悴晚烟痕。
愁生陌上黄骢曲,梦远江南乌夜村。
莫听临风三弄笛,玉关哀怨总难论。

白下门，在南京。时王士禛在山东，写南京是想象而已。南京曾是南明的首都，是弘光帝当政的地方，歌伎雅士，歌舞升平，也曾繁华一时，但不久陷于战火之中。诗的开头两句就暗示昔日富丽无比，不久之前还是政治、经济中心，冠盖云集的南京，转瞬之间只剩下西风残照，一片荒凉，怎不令人销魂断肠！诗从一开始就把读者带进了巨大的幻灭感中。接下来，又用两个典故，进一步强化这种幻灭感。把昔日的充满生命力的景象"杨柳垂地燕差池"与现在"憔悴晚烟痕"的萧条迟暮景象相对照，让读者有一种难以名状的悲哀。这样的憔悴与迟暮是否会有兴旺的转机呢？不是的。就像唐太宗的爱马黄骢死了，太宗只能命乐人作黄骢叠曲，以示悲悼。乌夜村是晋穆帝皇后的诞生地，本是一个无名小村，却成为荣华富贵的发祥地。作者在此加上"梦远"二字，则意味着这样的荣华富贵之梦早已离去，永远不可能再现。在这首诗里，诗人所感受到的并借以传给读者的，乃是彻底的、绝望的幻灭。最后，剩下来的唯一出路就只能是逃避；"莫听临风三弄笛"。就是告诉读者：再不要听那悲痛的乐曲，不要想那些悲哀的事情。但是，不听不想并不等于忘却，幻灭的悲哀是深深潜藏在人们的内心，是逃避不了的，到最后连逃避本身也不得不归于幻灭，留给读者的也只能是无尽的悲哀和深深的幻灭感。

三

　　读《圆圆曲》与《秋柳四首》，我们感到一种不同于以往历史上我们所见过的悲哀，比如李白、李商隐诗中的悲哀，是一种切己的悲哀，是一种普通人所共有的悲哀，我们读他们的诗所能产生的共鸣也是从切己的感情出发的，往往把自己的经历附会上去，即使在现实中没有追求过，但我们心中或潜意识中或有类似的悲哀，这种壮志未酬的悲哀和理想幻灭具体而感同身受，有一种切己的情怀。而吴伟业、王士禛在诗中所表现出来的悲哀和幻灭感并没有特别的切己的感受。《圆圆曲》虽有具体的对象陈圆圆，但这是一种经过选择的对象，陈圆圆的经历和不幸与曾经的荣华富贵都是很特别的个例，作者就是要通过这个典型告诉读者，人生的一切都是徒劳和毫无意义的。任何经过巨大的痛苦与代价所获得的都将逝去，这是一种远比李白、李商隐更为深刻的悲哀和幻灭感；而王士禛的《秋柳四首》中的悲哀和幻灭感则比《圆圆曲》更深一层，不但不是切己的（王士禛的政治地位并没因异族入侵而受影响），而且是一种经过作者抽象的艺术概括，一种不可捉摸的幻灭感，这种的幻灭感使人迷惘到连自己也说不清为什么这样痛苦。使人感到不仅个人一生是痛苦的、不幸的，而且整个历史、社会都充满着悲哀和幻灭感。

　　《圆圆曲》和《秋柳四首》两组诗，从人性出发看事物，而不是从一般的道德准则看问题，我们可以明显看到晚明重个体轻集体的文学思潮对清初诗人的影响。但晚明诗与清初诗之间也有区别。晚明诗也有一种盛衰无常的悲叹，有时兼有很深的痛苦，但这种痛苦往往与追求联系在一起，痛苦是追求得不到而产生的痛苦，说明诗人本身并没有放弃追求。比如我们看袁宏道和唐寅的诗，尽管也有痛苦，但最后仍然没放弃追求，这是一种积极的人生态度。而《圆圆曲》与《秋柳四首》，则揭示一切追求都是徒劳的，一切痛苦都是难以名状的；不仅个人是不幸的，甚至连整个社会、历史都是悲哀的。就诗歌思想性看，它反映了一种进取精神的丧失。这是晚明文学思潮在清初的新的变化，也显示出了明清易代之际，随着资本主义萌芽的衰灭、满人统治的增强，汉民族的反抗愈来愈弱乃至消亡对汉族士人心理所产生的重大影响。

试论杨维桢诗论与诗歌创作

杨维桢是元末最有成就、最具有艺术个性的诗人，他性格狷直，任性放达，主张诗歌要表现人的自然之性，要表现自我，所创立的"铁崖体"诗歌，雄奇飞动，充满自我精神的恣意飞扬。本篇试就其诗歌理论与创作实践进行简要分析。

一　强调性情与品格相统一的诗歌观

杨维桢论诗，首要强调诗歌要表现人的品格，创作是作者性格的表现。

> 评诗之品无异人品也。人有面目骨体，有情性神气；诗之丑好高下亦然，风雅降而为骚，而降而为《十九首》，《十九首》降而为陶、杜，为二李，其情性不野、神气不群，故其骨骼不卑、面目不鄙，嘻！此诗之品，在后无尚也。下是为齐、梁、为晚唐、季宋，其面目日鄙，骨骼日庳，其情性神气可知也。嘻！学诗于晚唐、季宋，而欲上

下陶、杜、二季以薄乎《骚》《雅》，亦落落乎其难哉！然诗之情神气古今无间也。得古之情性神气，则古之诗在也。然而面目未识而得其骨骼，妄矣；骨骼未得而谓得其情性，妄矣；情性未得而谓得其神气，益妄矣。

——《赵氏诗录序》

在这里，杨维祯强调性情与面目骨骼（品性）之间的统一关系，面目骨骼由性情而来，故诗不可无性情，但性情离不开面目骨骼，因此性情并不与面目骨骼发生冲突，而应当完整统一，而人的情性有高有低，欲求其情性之高，就要取法于古人，学习古人之高格，取法其上者：

宗杜要随其人之资，其资甚似杜者，故其为诗不似之者或寡矣。

——《李仲虞诗序》

世称老杜为史诗，以其所著备见时事。予谓老杜非直纪事史也，有《春秋》之法也。

——《梧溪诗集序》

强调学习杜诗首先要学习杜甫的人品；师法杜甫不仅要全面继承杜甫忧国忧民、反映现实的精神，更要重视其批判现实的价值。明代宋濂评杨维祯很公允：

君遂大肆于文辞，非先秦两汉弗之学。久与俱化，见诸论撰，如睹商敦周彝，云雷成文，而寒芒横逸，夺人目睛。其于诗尤号名家，震荡凌厉，骎骎将逼盛唐。

——《杨氏墓志铭》

这显然说杨诗已开了明前后七子复古的先声。

另外，诗歌要表现真性情，表现人的自然之性。

杨维桢认为：

　　诗者人之情性也。人各有情性，则人各有诗也。得之于师者，其得为吾自家之诗哉！

——《李仲虞诗序》

　　人各有志有言，以为诗，非迹人以得之者也。

——《张北山和陶集序》

　　发言成诗，不待雕琢，而大工出焉。

——《贡尚书玩斋集序》

"诗本性情"是杨维桢一贯倡导的文学主张。文学即人学，是表现人的自然之情的，作为心灵之学的诗歌更是如此。人秉性不同，诗歌也就不同。但按照正统的儒家理论，诗歌虽"发乎情"，却必须"止乎礼义"，杨维桢却认为诗歌应大胆地表现各自"情性"，这种理论扭转了宋元以来认为诗歌应表现"性情之正"的束缚，开了明清两代"性灵派"的先河。

这种重自我，重性情，强调诗歌是表现人的自然之性的思想观念，显然是受到陆象山"心学"及新兴市民思想意识的影响。元中期以来，文学受宋陆象山哲学思想影响很大，陆象山哲学强调"宇宙即吾心"，个人至高无上，世界上一切皆是我心的产物。这种思想极大地冲击了两宋以来程朱理学对人们思想的控制和束缚，特别是对以杨维桢、高启为代表的江浙文学影响巨大，而元末东南地区城市经济的快速发展又为这种文学观提供了物质基础。

二 自我形象鲜明的"铁崖体"诗歌

杨维桢的诗歌创作就是其诗歌理论的很好实践。而最能表现其个性及文学主张的诗歌就是中年以后他所独创的"铁崖体"乐府诗。

前人评论"铁崖体"多从杨维桢的才力和艺术造诣方面入手：

维桢……纵横排奡，自辟町畦，其高者或突过古人。
——《四库全书总目提要》

古乐府其所自负，以为前无古人；征诸句曲，良非夸大。
——钱谦益《列朝诗集》

其实"铁崖体"乐府诗的价值在于其思想意识。

首先,自我精神的恣意飞扬,如:

> 有大人,曰铁牛。绛人甲子不能记,曾识庖栖兽尾而蓬头。见炼石之女补天漏,涿鹿之帝杀蚩尤。上与伊同相幼主,下与孔孟游列侯。衣不异,粮不休,男女欲不绝,黄白术不修,其身备万物,成春秋。故能后天身不老,挥斥八极隘九州。太上君,西化人,自谓出于无始劫,荡乎宇宙如虚舟,其生为浮死为休。安知大人自消息,天子不能子,王公不能侔,下顾二子真蜉蝣。
>
> ——《大人词》

> 道人飞来朗风岑,玄都上下三青禽。傅桑已作青海断,鳌丘又逐罗浮沉。初见蜍精生月腹,前身捣药婆娑明。还仙服食终恍惚,天上仙骸成积林。手持女娲百炼笛,笛中吹破天地心。天地心,何高深。八千岁,无知音。
>
> ——《道人歌》

《大人词》取意于阮籍的《大人先生传》,但从开头"有大人,曰铁牛",就取代了阮籍笔下实属虚无缥缈的"大人先生"。表现出充满强烈主观色彩的诗人自我形象,他独立于天地,驰骛八极,亘贯古今,与天地自然相始终,"天地不能子,王公不能侔"。连天子也不放在眼里。这种自我形象,既带有一种恣意飞扬,率真粗豪,蔑视权威的反抗精神,同时又有一种无限的寂寞和孤独。

《道人歌》把一切圣人等传统观念都踩在脚下,虽以道人自况,但却瞧不起修仙得道。认为整个世界上,有人类历史以来,他是最孤独的,思想没人能理解,自己既是最聪明也是最寂寞的人。

杨维祯诗中这种把个人放在一切之上的思想,"其根底里的则是陆九渊的哲学。陆九渊倡言:'四方上下曰宇,往古来今曰宙。吾心便是宇宙,宇宙便是吾心'"①。

是陆九渊的哲学思想影响文学的结果。

其次,对个人世俗享受欲望的肯定和追求:

> 长城嬉春春半强,杏花满城散余香。城西美人恋春阳,引客五马青丝缰。美人有似真珠浆,和气解消冰炭肠。前朝丞相灵山堂,双双石郎立道傍。当时门前走犬马,今日丘垄登牛羊。美人兮美人,舞燕燕,歌莺莺,蜻蜓蛱蝶争飞扬。城东老人为我开锦障,金盘荐我生槟榔。美人兮美人,吹玉笛,弹红桑,为我再进黄金觞。旧时美人已黄土,莫惜秉烛添红妆。
>
> ——《城西美人歌》

三月十日春蒙蒙,满江花雨湿东风。美人盈盈烟雨

---

① 章培恒、骆玉明:《中国文学史新著》,复旦大学出版社2011年版,第494页。

里，唱彻湖烟与湖水。水天虹女忽当门，午光穿漏海霞裙。美人凌空蹑飞步，步上山头小真墓。华阳老仙海上来，五湖吐纳掌中杯。宝山枯禅开茗碗，木鲸吼罢催花板。老仙醉笔石栏西，一片飞花落粉题。蓬莱宫中花报使，花信明朝二十四。老仙更试蜀麻笺，写尽春愁子夜篇。

——《花游曲》

春容不再芳，春华不再扬。我欲倩游丝，花前系春阳。春阳不可长，游丝徒尔长。飞来双蛱蝶，缀我罗衣裳。顿足起与舞，上下随春狂。

——《春芳曲》

在这些诗里，美人没有了传统的纤弱，而是充满生命的活力和激情；没有传统文人的雅兴和悲叹，有的是人与自然浑然一体，尽情享乐世俗生活，恣意挥洒生命欲望的乐趣和自由。这种天真的、充满对生命的热爱的描述只有在李白诗中才看得到，在宋诗中则看不到了。苏轼诗虽洒脱，其实是一种不自觉的克制。而杨维桢的诗则冲破一切束缚，极力彰显生命的意欲和天真，这反映了元末东南地区文化经济的发展带给文学新的时代气息。其影响所及不仅是元末明初的文学思潮，甚至是晚明的文学思想解放运动。

刚健含婀娜
——高启诗歌理论与创作实践浅析

高启，字季迪，号青丘子。他是明初著名的诗人，也是有明一代最具天赋的诗人。他的诗歌理论及创作实践，对明代诗歌有很大的影响。

高启的诗论，主要见于《独庵集序》中：

> 诗之要，有曰格、曰意、曰趣而已，格以辨其体，意以达其情，趣以臻其妙也。体不辨则入于邪陋，而师古之意乖。情不达则堕于浮虚而感人之实浅。妙不臻则流于凡近，而超俗之风微。三者既得，而后典雅、冲淡、豪俊、秾缛、奇险之辞，变化不一，随所宜而赋焉。……夫自汉、魏、晋、唐而降，杜甫氏之外，诸作者各以其所长名家，而不能相兼也。学者誉此诋彼，各师所嗜，譬犹行者埋轮一乡，而欲观九州之大，必无至矣。盖尝论文：渊明之善旷而不可以颂朝廷之光，长吉之工奇而不足以咏丘园

之致,皆未得为全也。故必兼师从长,随事摹拟,待其时至心融,浑然自成,始可以名大方而免夫偏执之弊矣。

宋元以降,诗渐式微,宋诗尚理,元诗纤弱,都是诗之大弊。明初诗人,为扭转诗歌每况愈下的颓势,提出学习古人诗歌创作方法之师古主张,这方面旗帜鲜明,实践卓越有成效者,高启是第一人。这篇诗论的宗旨,是在纠正宋元以来诗歌的"偏执之弊",提倡艺术创作风格的多样和完备。高启认为:"格""意""趣"是诗的三大元素,这里所谓的"格",据"格以其辨其体""体不辨则入于邪陋,而师古之意乖"等语看,是指体格,即古代各种诗体的体裁风格及格式特征;"意"及"趣",据"意以达其情""趣以臻其妙"等语看,类似于"性灵"和"神韵"。高启将"格"放在三要素之首,且强调必须通过"师古"而得到,说明他非常重视学习和借鉴古人的诗歌创作方法与风格。同时,高启还认为诗歌必须具备多种多样的艺术风格,而多种多样艺术风格的形成,有赖于"兼师众长,随事摹拟"。以此为标准,他对自汉至唐,诗人多以一种风格进行创作颇多微辞,认为陶渊明只能善旷,李长吉只能工奇,都狭促单一,未得其全,而杜甫之所以成为大家,就在于他能兼取各家之长,具备多种多样的艺术风格。因此,写诗必须摹拟各类名家之风格特征,掌握不同的写作技巧,"待其时至心融,浑然天成",便可成为大家。

高启这种"兼师众长,随事摹拟",而不拘泥于一体之长的创作理论，不仅直接影响他自己的诗歌创作实践，而且也影响到明中叶前后七子的复古思潮，对此，后人多有批评。公允而论，学习古人多样诗歌的典范风格并不为过，杜甫也提倡"转益多师"。元人吴草庐所谓"诗者譬如酿花之蜂，必芳润融液，而后贮于脾者皆成蜜，又如食叶之蚕，必内养既熟，通身明荧，而后吐于口者皆成丝。"① 就是说诗人必须广泛学习，奄有众长，才能成为大家。而面对宋元以来诗歌的衰微，"师古""摹拟"也不失为扭转诗歌颓势的有效方法。

因此，"师古"与"摹拟"本身并没有错，关键在于是否能在奄有众长，兼工各体的基础上，推陈出新，形成自己的艺术风格，从高启的创作实践看，他获得了很大的成功。

第一，高启诗诸体并工，转益多师，善于用各种不同的体裁和风格表现不同的内容，在诗歌艺术方面是个多面手。

从他留下的两千多首诗看，上至汉魏六朝盛唐，下至宋元诸家，如李白、杜甫、高适、岑参、王维、孟浩然、李贺、李商隐、韩愈、黄庭坚、苏东坡，无所不拟；五古、七古、五律、七律、五绝、七绝无所不工；"凡可以感心而动目者一见于诗"②，缘情随事，因物赋形。这既反映了他刻苦攻诗的钻研精神，如他在《缶鸣集序》中描写在创作中的自我精神活动：

---

① 高启：《高青丘集》附录《诸家评语》载高得评，上海古籍出版社1985年校点本，第1032页。
② 高启：《高青丘集·凫藻集》卷三《娄江吟稿序》，上海古籍出版社1985年校点本，第893页。

"疲殚心神，鬼刮物象，以求工于言语之间，有所得意，则歌吟蹈舞，举世乐者不足以易之，深嗜笃好，虽以之取祸，身罹困辱而不忍废。"同时，也是他的诗歌理论在创作中的应用和实践，他要随事摹拟，因物赋形，广取众家之长，避免历代大家的偏执之弊；他要融会贯通，浑然自成，做一全才的大家。

第二，高启拟古而不为古所囿，摹拟而能自出新意，妙笔仙心，神韵自现，诗中充满奔放不羁的才情。

高启才气俊逸，英爽绝特，其才力、天赋、工候皆非常人所及，"宗法唐人，而自运胸臆，一出笔即有博大昌明气象"①。"有明一代学古而化，不泥其迹者惟此一人。"② 他曾描绘自己创作时的精神状态："斫元气，搜元精，造化万物难忍情，冥茫八极游心兵，坐令无象作有声。"(《青丘子歌》)这样卓特的诗人气质，使他能够随心走笔，博通淹贯，任意驰骋，而不拘泥于一体之长。

他豪宕的才华、雄放恣逸的文笔，在《登金陵雨花台望大江》一诗中，表现得最为淋漓尽致：

> 大江从来万山中，山势尽于江流东，
> 钟山如龙独西上，欲破巨浪乘长风。
> 江山相雄不相让，形势争夸天下壮，

---

① 赵翼：《瓯北诗话》卷八《高青丘诗》，人民文学出版社1963年版，第124页。
② 高启：《高青丘集》附录《诸家评语》载汪端评，上海古籍出版社1985年校点本，第1033页。

秦皇空此瘗黄金，佳气葱葱至今王，
我怀郁塞何由开，酒酣走上城南台，
坐觉苍茫万古意，远自荒烟落日之中来，
石头城下涛声怒，武骑千群谁敢渡，
黄河入洛竟何祥，铁锁横江未为固，
前三国，后六朝，草生宫阙何萧萧！
英雄乘时务割据，几度战血流寒潮。
我生幸逢圣人起南国，祸乱初平事休息。
从今四海永为家，不用长江限南北。

  诗的开篇即以跌宕、豪纵的笔触描绘纷繁重叠的物象，令读者神摇目眩，之后诗句纵横古今、包罗万象、情文相生、物我一体，将"虎踞龙盘"的金陵壮丽景色，诗人触景生情的慨叹，对祖国重新统一的喜悦等，酣畅淋漓地表达出来，令人激动不已。全诗气韵雄壮，充分显示了作者卓尔不群的才情和非凡的想象力。《青丘子歌》虽模仿李白，却能写出作者本人那疏狂豪迈、恃才傲物、不羡功名宝贵、不为礼法所拘的性格。

  其他像《登阳山绝顶》《春初来》《忆昨夜行》《醉歌赠宋仲温》等歌行古诗；以及《送沈左司从汪参政分省陕西》《岳王墓》《清明呈馆诸公》《奉天殿进元史》等格律诗，雄浑豪放，意境高远，虽师盛唐诸家，而神韵真气自在。如《岳王墓》：

大树无枝向北风，十年遗恨泣英雄。
班师诏已来三殿，射房书犹说两宫。
每忆上方谁请剑，空嗟高庙自藏弓。
栖霞岭上今回首，不见诸陵白露中。

全诗悼念民族英雄岳飞，意境深邃，气韵雄壮，融议论于神韵之中。诗中用汉成帝时朱云请剑斩佞臣和刘邦诛功臣的典故，影射岳飞的遭遇，感染力很强。正如清赵翼所评："盖其用力全在于使事用典，琢句浑成，而神韵又极高朗。此正是细腻风光，看似平易，实则洗炼功深。"[1]

第三，形成雄健爽朗又清新飘逸的艺术风格。

前人论高启，多批评他摹拟古人，而未能自成一家。如清《四库全书提要》："殒折太速，未能熔铸变化自为一家，故备有古人之格，而反不能名高启为何格。"[2] 今人也批评高启："未能熔铸洗炼，自成一家。"[3] 笔者认为这些评价都有失公允，高启的诗，除早年摹拟之作外，大部分诗歌的艺术风格还是清晰可见的，诗如其人，清华朗润，秀骨天成，才气豪健而不剑拔弩张，辞句秀逸而不字雕句绘。《青丘子歌》《登雨花台望大江》等歌行古风，纵横百出，豪宕不羁，刚健雄浑，而《姑苏杂咏》等一些描写自然风貌及风土人情的诗作，清新自

---

[1] 赵翼：《瓯北诗话》卷八《高青丘诗》，人民文学出版社 1963 年版，第 126 页。
[2] 高启：《高青丘集》附录《四库全书提要》，上海古籍出版社 1985 年校点本，第 975 页。
[3] 游国恩等：《中国文学史》第 4 册，人民文学出版社 1993 年版，第 64 页。

然，真切感人。如《初夏江村》：

> 轻衣软履步江沙，树暗前村定几家。
> 水满乳凫翻藕叶，风疏飞燕拂桐花。
> 渡头正见横渔艇，林外时闻响纬车。
> 最是黄梅时节近，雨余归路有鸣蛙。

描写故乡之山水景物，真切自然，浑涵从容，不假修饰，如，"清风徐来于修篁古松之间，铿然成韵，略无矫饰"[①]。再如《梅花九首》：

> 琼姿只合在瑶台，谁向江南处处栽？
> 雪满山中高士卧，月明林下美人来。
> 寒依疏影萧萧竹，春掩残香漠漠苔。
> 自去何郎无好咏，东风愁寂几回开。
> ——《梅花九首·之一》
> 缟袂相逢半是仙，平生水竹有深缘。
> 将疏尚密微轻雨，似暗还明远在烟。
> 薄暝山家松树下，嫩寒江店杏花前。
> 秦人若解当时种，不引渔郎入洞天。
> ——《梅花九首·之二》

[①] 高启：《高青丘集》附录《书后》载高德评，上海古籍出版社1985年校点本，第1012页。

构思新颖，韵味高致醇美，句中有意，句外有神，给人以超凡脱俗之感，梅花风韵与诗人风骨相映，深得唐人风韵。许多诗句如"雪满山中高士卧，月明林下美人来"，意境极美，传诵一时。

　　综上所论，高启是明初最优秀的诗人，他在元季异军突起，一扫元诗绮靡纤弱之风，其诗没有丝毫柔靡纤弱之气。他的诗歌理论及创作实践，特别是他兼取众长，广泛吸取前人创作经验的创作方法，对于今天我们如何学习、借鉴古代优秀的文化遗产，如何进行诗歌创作，也很有现实启迪意义。

雕镂之极，渐近自然
——《牡丹亭》戏曲语言"雕琢"论

传统观点认为《牡丹亭》的戏曲语言过于"雕琢"，不如《西厢记》语言既通晓流畅又秀丽华美。其实，这是一种片面的看法。笔者认为，语言的"雕琢"，正是《牡丹亭》获得成功的重要因素。

首先，语言的"雕琢"，体现了作者对作品人物思想感情的细腻揣摩和挖掘，是与作品中人物心与心的交流和共鸣，是感情的提炼和深化。

我们试举《惊梦》的曲文为例：

步步娇

袅晴丝吹来闲庭院，摇漾春如线。停半响，整花钿。没揣菱花，偷人半面，迤逗的彩云偏。步香闺怎便把全身现！

——《牡丹亭·惊梦》

这是一段很能体现《牡丹亭》语言"雕琢"特色的曲词，而前二句更是雕镂至极。

曲文中"晴丝"一词，历来颇多争议，清代李渔认为，"晴丝"是大有深意的双关词，暗示少女情丝萌发，所谓"以游丝一缕，逗起情丝，发端一语，即费如许深心，可谓惨澹经营矣。"[①] 应当承认，李渔对《牡丹亭》中女主人公杜丽娘的心理活动还是进行了认真的探究，可惜并不准确。因为汤显祖对作品中人物形象的刻画及思想感情的掌握非常细腻，很注重现实性和层次感，这段唱词写在杜丽娘游园之前，此时，她还是一个被封建礼教幽闭于深闺之中，连衙门里还有后花园都不知道的官宦小姐，她感情的火花还深埋在心底，虽然也感到寂寞，但并未明显地渴望爱情。而游园之后，在感叹"不到园林，怎知春色如许"的同时，其爱情也逐渐觉醒，而一旦惊梦，在梦中与意中人相会，她那追求幸福的爱情情感，才如同冲破闸门的洪流，一发而难以阻挡。

因此，"晴丝"在这里是指在春天晴朗的日子里容易看到的蜘蛛丝，"袅"，轻轻摆动，这是一个倒装句，即"晴丝袅"；"摇漾"，突出了"袅"的危险性；"闲庭院"，静谧的院落。在这幽静的环境里，有一根蜘蛛丝在随风飘动，烘托出典型的春景（夏、秋、冬都看不到）。"闲"字，含义丰富，既

---

① 李渔：《闲情偶记》，《词曲部·词采第二》，《中国古典戏曲论著集成》（七），中国戏剧出版社1959年版，第22页。

写出庭院的静谧,也表现出女主人公内心的寂寞;春天,本来是热烈而充满希望的,草木葱茏,百花争艳,但女主人公在庭院里看不到这种景色,因此,她备感寂寞和孤独,叹息自己的青春如同这个春天一般,很容易被断送掉。

在这里,作者尽力把握和挖掘杜丽娘这位正值青春年华又有相当文化教养却被关在大门之内,寂寞孤独的少女的心理,将春日园林的明媚春色,女主人公伤春情怀融为一体,用清丽而精雅的语言表达出来,具有强烈的艺术感染力。《西厢记》中描写崔莺莺也没有这样细腻生动。又如:

皂罗袍

原来姹紫嫣红开遍,似这般都付与断井颓垣。良辰美景奈何天,赏心乐事谁家院?朝飞暮卷,云霞翠轩,雨丝风片,烟波画船。锦屏人忒看的这韶光贱!

——《牡丹亭·惊梦》

这是杜丽娘游园时,面对春光美景所激起的感情波澜。

第一句写看到春天美好的自然景色;第二句以花园的冷落衰败映衬,表现女主人公感情的跌宕起伏,急遽变化。三、四两句亦是强烈的对比:良辰美景醉人,但老天不作美;赏心乐事虽好,但不知在谁的院里?以精美的文辞,用对比烘托的手法,将女主人公微妙的心理活动及内心的隐秘,描写得十分逼真生动,显示出作者语言运用方面的高超技巧。

明代戏曲评论家孟称舜认为："撰曲者，不化其身为曲中之人，则不能为曲。"① 汤显祖之所以能准确地把握女主人公杜丽娘的内心世界及思想性格，就在于他能"化其身为曲中之人"。将自己的思想感情，投入杜丽娘的思想感情中去，创作的过程，也就是他同作品中主人公心与心、感情与感情的撞击和交流的过程。据说他写到杜丽娘之死时，情不能禁，竟"卧庭中薪上，掩袂痛哭"②。可见，他已将自己化为作品中的人物，将自己的心与主人公的心融为一体。"志足而言文，情信而辞巧"③，所以他笔下的杜丽娘形象才会这样真实生动，感人至深。

其次，语言的"雕琢"，是对文学艺术美的追求和探索。

传统的中国文学，受儒家文艺思想影响较深，强调文学的"载道""教化"功能，对文学艺术美的追求多有贬斥，所谓"辞，达而已矣。"④ 这无疑影响作家对文学词采美的追求，进而削弱了文学的美学功能。

而作为"主情"派大师，汤显祖"标举"才情，在"主情"的同时，非常重视对文学艺术美的追求。《牡丹亭》正是这样一部既有思想震撼，又有艺术形式美的优秀作品。

---

① 孟称舜：《古今名剧合选序》，转引自王云熙、顾易生《中国文学批评史》中册，上海古籍出版社1981年版，第379页。
② 焦循：《剧说》，转引自王云熙、顾易生《中国文学批评史》中册，上海古籍出版社1981年版，第375页。
③ 《论语·卫灵公》，转引自郭绍虞自《中国历代文论选》第1册，上海古籍出版社1979年版，第16页。
④ 刘勰：《文心雕龙·微圣第二》，转引自周振甫《文心雕龙注释》，人民文学出版社1981年版，第11页。

《牡丹亭》是一部美丽的诗剧，处处洋溢着美的风采，甚至就连杜丽娘与柳梦梅的幽会也极具诗意："逗的个日下胭脂雨上鲜。"(《惊梦·山桃红》)

除《惊梦》一出，其他《寻梦》《闹殇》《冥誓》《玩真》诸出，都富有诗意。如《寻梦》的曲文：

懒画眉

最撩人春色是今年。少甚么低就高来粉画垣，元来春心无处不飞悬。（拌介）哎，睡荼蘼抓住裙衩线，恰便是花似人心好处牵。

——《牡丹亭·惊梦》

景为情设，情因景生，将杜丽娘对爱情的渴望同周围的景色一同表达出来，情与景，意与象融为一体，运用比喻、拟人、象征等表现手法，将经过爱情洗礼后的少女的心理，刻画得逼真而生动，极富艺术感染力。

而《闹殇》的曲文，则将杜丽娘临终之际的凄凉景象以及对生命和爱情的渴望和无奈描写得哀婉动人，催人泪下：

鹊桥仙

拜月堂空，行云径拥。骨冷怕成秋梦。世间何物似情浓？整一片断魂心痛。

——《牡丹亭·闹觞》

显而易见，在《牡丹亭》中，作者刻意追求一种美，一种文学特有之美，这种美，不是游离于作品思想内容之外而是建立在思想内容与艺术形式的完美统一之上的美。

诗是心的精华，不是现实的照搬，文学之美，也不是自然之美的简单摹写，而是作者与作品人物思想感情交流后，通过对语言艺术的精心雕琢而成的自然之美。

最后，语言的"雕琢"也是作品人物身份及生活环境的需要。

《牡丹亭》中的主要人物大都具有相当的文化教养，其所处的生活环境也带有浓郁的文化氛围。不同于《窦娥冤》中的市井小民窦娥，官宦小姐杜丽娘从小受过良好的传统文化教育。文化知识的滋润和启迪，使她的思想感情要比窦娥丰富、细腻得多，如她从飘游的蜘蛛丝就联想到春天的脆弱，进而伤感自己青春的蹉跎，正如李渔所说："由晴丝而说及春，由春及晴丝而悟其如线也。"[①] 这种丰富、细腻的文化少女心理，没有语言雕琢是表现不出来的。

同时，在《牡丹亭》中，作者也并非不分人物、场合而盲目地"雕琢"语言，而是根据人物、环境等的需要，该精雕就精雕，该浅俗就浅俗。如对杜丽娘美貌的赞叹，出自书生柳梦梅之口是诗一样的语言。

---

① 李渔：《闲情偶记》，《词曲部·词采第二》，转引自《中国古典戏曲论著集成》（七），中国戏剧出版社1959年版，第22页。

山桃红

则为你如花美眷,似水流年,是答儿闲寻遍,在幽闺自怜。

——《牡丹亭·惊梦》

文辞精美,富有南词宛转精丽的特色。

而当杜丽娘的鬼魂来到地狱,连判官也惊叹她的美丽:

天下乐

猛见了荡地惊天女俊才,哈也么哈,来俺里来。(旦叫苦介)(净)血盆中叫苦观自在。(丑耳语介)判爷权收做个后房夫人。(净)有天条,擅用囚妇者斩。则你那小鬼头胡乱筛,俺判官头何处买?

——《牡丹亭·冥判》

杜丽娘的绝世之美貌,竟将森严的地狱也征服了,没有比这诙谐、滑稽的喜剧性词句更适合判官、小鬼身份的了。

此段用北曲,用其泼辣动荡的特点。

明末戏曲评论家祁彪佳认为,雕镂之极,才能渐近自然,所谓"惟能极艳者方能极淡"[①]。这是对雕琢与自然之间关系的

---

① 祁彪佳:《远山堂曲品·艳品·红渠》,《中国古典戏曲论著集成》(六),中国戏剧出版社1959年版,第18页。

精妙论断。

　　《牡丹亭》语言艳丽精雅而不失自然，确是中国古典戏曲文学中的精品。

卷 三

陶轩诗论

从七言律诗的演变过程谈当前古体诗的继承和发展
——兼与新诗比较

七言律诗是古体诗歌最成熟最有代表性的一种体裁，从其产生到定型，其审美风格、内容不断革新变化，最后到唐风宋调的形成，历经数百年之久，探讨唐宋七言律诗的演变过程，寻找其内在艺术规律，对于我们今天古体诗的创作不无裨益。

一 七言律诗的渊源概说

任何艺术的发展总有一个由不成熟到成熟的过程。这有艺术本身和时代的原因，也与人们的探讨追求分不开。

汉末文人五言、七言古诗是律诗的萌芽，而曹丕的《燕歌行》又被认为是最古老、最完整的七言诗。经过200年的酝酿，在沈约、谢朓、周颙等诸贤不断对声韵形式的探讨下，终于迎来第一次形式的突破——永明体诗歌的产生（声律和对偶的初步确立）。

从齐梁到初唐300余年，七言律诗定型于初唐沈佺期和宋之问。

> 唐兴，诗人承陈、隋风流，浮靡相矜，至宋之问、沈佺期，研揣声音，浮切不差，而号"律诗"（浮声指平声，切指仄声，平仄相调，作品声响才能协畅优美）。
>
> ——《新唐书·文艺传》

> 初唐诸君，太宗、高宗、武则天、中宗皆爱文艺，追求典雅华美文风，且创建文馆，吸纳文士。
>
> ——《新唐书·文艺传》

又经过数十年，经盛唐王维、孟浩然、杜甫等的不断探索，七言律诗开始成熟。其中杜甫贡献最大。再经过数十年，中晚唐诗人们在意象、语言和审美风格上不断改革和创新，开启了宋诗之源。又数十百年，七言律诗到宋代才蔚为大观，更加完善，并形成新的风格"宋调"，正如钱钟书《谈艺录》所说："自宋以来，历元明清，才人辈出，而所作不能出唐宋之范畴，皆可分唐宋之畛域。"

二 七言律诗在唐代的发展

（一）初唐：七言律诗从形成到定型，"沈宋"功劳巨大

1. 初唐七言律诗发展缓慢

从五言诗到七言律诗，是艺术形式的必然阶段，既是初唐

诸贤有意为之,也是时代使然。

初唐,人们重五言律诗,七言律诗形单影只,整个 100 年间,只有 100 多首(见表 1):

表 1　　　　　初唐著名诗人七言律诗统计

著名诗人	五律	七律
沈佺期	94	16
宋之问	135	10
杜审言	87	3

注:以上统计数字来源于《全唐诗》。

五言七言律诗发展的不平衡及初期七言律诗的不完善,正说明诗歌艺术的发展有其内在规律。

其一,七言律诗比五言律诗形成晚。五言律诗起自齐梁,七律诗起自初唐,二者相差 200 余年。

其二,写作难。

宋代严羽就曾在《沧浪诗话》中说:"律诗难于古诗,绝句难于八句,七言律诗难于五言律诗,五言绝句难于七言绝句"。还有论者更从篇幅结构来分析七言律诗难做之原因,如明代胡应麟在《诗薮》中说:"五言律规模简单,即家数小者,结构易工,七言字句繁靡,纵才具宏者,推敲难工。"清代方东树也在《昭昧詹言》中说:"七律束于八句之中,以短篇而须具纵横奇恣开阖阴阳之势,而又必须结转折,章法规矩井然,所以为难。"

其三,七言律诗强调表达思想情感,对诗歌要求更严。

比较而言，五言律诗多讲究情景描绘，诗人往往融于情景之中。追求丰神情韵，力求精简。如：

明月松间照，清泉石上流。

——王维《山居秋暝》

奔流下杂树，洒落出重云。

——张九龄《湖口望庐山瀑布水》

而七言律诗更强调诗人内心的表达，追求筋骨思理，不烦琐不足以表达强烈情感。故常用连词副词等加强语气（见表2）：

表2　　　　　　　　　七言五言对照

花径不曾缘客扫 蓬门今始为君开	杜甫	花径缘客扫 蓬门为君开
多病所须唯药物 微躯此外更何求	杜甫	多病唯药物 微躯更何求
黄花自与西风约 白发先从远客生	元好问	黄花西风约 白发远客生
人世几回伤心事 江山依旧枕寒流	刘禹锡	人世伤心事 江山枕寒流

"不曾""今始"；"所须""此外"；"自与""先从"；"几回""依旧"这些连词及副词的运用，大大加强了七言律诗情感和思想表达的力度。

2．"沈宋"的贡献

发展缓慢的七言律诗，随着初唐沈佺期、宋之问的出现，终于有了突破，我们看沈佺期两首七言律诗：

《古意呈补阙乔知之》

卢家少妇郁金堂，海燕双栖玳瑁梁。
九月寒砧催木叶，十年征戍忆辽阳。（长时间）
白狼河北音书断，丹凤城南秋夜长。（大空间）
谁谓含愁独不见，更教明月照流黄。（对比）

这首七律，是借用了乐府古题"独不见"。郭茂倩《乐府诗集》解题云："独不见，伤思而不得见也。"和以前古风比，篇幅短了，压缩为八句，更讲究对仗，对意象不仅严密而且很凝练，其组合排列给读者留下想象空间。九月寒砧句，借用（《九歌》洞庭波兮木叶下）典故，画面感极强。时间拉开，空间拉开，白狼河、对方、丹凤城、己方、木页寒砧此地、征戍辽阳彼方，对比强烈。此类写法随成为七律写法的通套。当然，初唐的七律还不够完善，如沈佺期：

《遥同杜员外审言过岭》

天长地阔岭头分，去国离家见白云。
洛浦风光何所似，崇山瘴疠不堪闻。
南浮涨海人何处，北望衡阳雁几群。
两地江山万余里，何时重谒圣明君。

重复字多：如"何""地"，这些在初唐不算问题，盛唐以后就不允许犯重。

沈佺期和宋之问对七律的贡献：

其一，在有限的篇幅（八句），凝练意象；

其二，对仗不仅工稳，情感表达还要深化且跌宕起浮；

其三，使律诗的粘对规律逐渐为一般诗人所遵守，影响甚大。

永明体讲平仄，但只针对上下联，两联以上，平仄模式就会重复，这是齐梁律诗的缺陷，沈佺期等注重"粘对"规律，即上联对句和下联出句的第二字平仄相同，避免雷同，这就解决了律诗平仄模式的重复问题。至此，七律才真正定型。

至此，律诗从魏晋六朝以来在形式的探讨方面告一段落，时间已过300年，接下来的问题就是在这样的形式框架下，用意象充盈，在情感表达及语言等不断探索和深化了。

（二）盛唐：王维、李颀诸贤加盟，至杜甫"七言能事始尽"

表3是据《全唐诗》统计的结果（见表3）：

表3　　　　　　　盛唐诗人七言律诗统计

著名诗人	全部诗作（约）	五律	七律
王维	479	122	20
李颀	125	16	7
孟浩然	321	124	4
李白	994	3	8
岑参	397	3	11
高适	271	6	9
杜甫	1500	630	159

注：以上统计数字来源于《全唐诗》。

盛唐诸贤对七言律诗贡献最大的一是王维、李颀，二是杜甫。

1. 王维、李颀在写景、对仗及意境上的拓展

《积雨辋川庄作》　　　　王维

　　积雨空林烟火迟，蒸藜炊黍饷东菑。
　　漠漠水田飞白鹭，阴阴夏木啭黄鹂。
　　山中习静观朝槿，松下清斋折露葵。
　　野老与人争席罢，海鸥何事更相疑。

前四句描写辋川恬静优美的田园风光，后四句表现幽雅清淡的禅寂生活。有色彩、有声音、有动感，意象鲜明凝练，这都是"沈宋"诗中所没有的。还有廊庙诗：

《和贾舍人早朝大明宫之作》　　　　王维

　　绛帻鸡人送晓筹，尚衣方进翠云裘。
　　九天阊阖开宫殿，万国衣冠拜冕旒。
　　日色才临仙掌动，香烟欲傍衮龙浮。
　　朝罢须裁五色诏，佩声归向凤池头。

全诗视野开阔，雍容伟丽，造语堂皇，对仗精致，用字锤炼，格调谐和。

《送魏万之京》　　　　　李颀

朝闻游子唱离歌，昨夜微霜初渡河。
鸿雁不堪愁里听，云山况是客中过。
关城树色催寒近，御苑砧声向晚多。
莫见长安行乐处，空令岁月易蹉跎。

首联先写昨夜微霜之时，初渡黄河而来的游子，床席尚未寝暖，天刚亮又向长安而去，行动急促紧迫；颔联即景生情，当游子远离故乡，客中愁苦，早已不堪，又加以鸿雁哀鸣、迭云千嶂，更见其景色；颈联"关城树色催寒近，御苑砧声向晚多"，情景交融，直接切入客中情事：上句写游子渐近长安，下句则写已至长安，皆为李颀设想之词，表现出时序之迁移和景物之萧瑟。然李颀此处不言因秋意加深而使树叶颜色变黄，却说因看见树叶变黄，感到秋天的寒气更近了，好似树木有知，催促秋天到来一般，更能使客中游子深感秋意逼人，景物凄清。

把叙事、写景和抒情交织在一起，悲怆慷慨，中间两联"不堪"与"况是"，"催""向"字词推敲，含蓄凝练。

2. 杜甫的出现在格式及审美风格集大成且承前启后

真正使七律完善起来的是杜甫，其贡献有二：

其一，数量多，七言律诗共159首。

其二，境界打开且形式技巧浑然自如。

杜甫认为自己年纪愈大诗歌越自如且格律愈精严。他在诗中评价自己："老去诗篇浑漫与"（《江上值水如海势聊短述》）；"老去渐于诗律细"（《遣闷戏呈路十九曹长》）"浑漫与"指写诗越来越放松自如，而这种自如自然的，又与严格音韵格律完美结合在一起。

钱钟书《谈艺录》在评论杜甫七律时也说："少陵七律兼备众妙，衍其一绪，胥足名家。"意谓七言律诗发展到杜甫笔下已经浑熟，无论在结构、声律、对仗、炼字、炼句等，都已经积累了完整成熟的艺术经验，他无愧"兼备众妙"，后来学诗者，只要认真学杜七言律诗，认真"衍其一绪"，肯定成为"胥足名家"。

其三，创立"吴体"——拗体七律。

拗体律诗大都写于晚年来夔州之后，并且是自认为"晚年渐于诗律细"律诗最臻于完美时期，而且"拗而不救"，显然杜甫是有意为之。他要用拗折的笔法，写曲折复杂激荡之情。如钱钟书在《谈艺录》评价："以生拗白描之笔，作逸宕绮仄之词。"

杜甫入夔州之后写七律共35首，拗体14首，占40%。名作如：

《白帝城最高楼》

城尖径昃旌旆愁，独立缥缈之飞楼。
峡坼云霾龙虎卧，江清日抱鼋鼍游。
扶桑西枝对断石，弱水东影随长流。
杖藜叹世者谁子，泣血迸空回白头。

诗第二句中的"之",第七句中的"者",或虚词或代词,是散文化句子,每句第五字全部出律,颔联和颈联,"龙虎卧"对"鼋鼍游","对断石"对"随长流",是三仄对三平,作者有意利用拗体,造成节奏的抑扬起伏,借此表现自己内心的不平静。"以拗折之笔写拗折之情"(叶嘉莹《迦陵论诗丛稿》)这种七言律诗的创新,打破原有的格式,规矩中错之以散行古调,造成奇纵突兀之势(这种手法被以后中唐许浑和宋代黄庭坚所继承)。

对于杜甫拗体七言律诗这种新的变体,唐人很乐意接受并学习,以后许浑"拗救句法"及杜牧"拗峭"的诗风及宋代黄庭坚"脱胎换骨"等诗风均受其影响。

其四,增加七言律诗叙事功能。

如创造连章七言律诗《秋兴八首》等。

总之,唐诗七言律诗到了杜甫这里,从形式到内容,从语言到结构,才真正完善起来,手法圆熟,风格多样,在沉郁顿挫这种基本艺术风格之外,还有富丽高华,明秀轻快,疏放豪宕,浅易晓畅,拗峭瘦劲等艺术风格。所以杜甫是七言律诗集大成和承前启后的大诗人,开启宋元明清众多诗家流派。

(三)中晚唐七言律诗在审美风格及表现手法上的求新求变

唐代宗大历五年(770),杜甫去世,这一年为盛唐结束之年。唐诗也进入130余年的中晚期。

高峰之后的突破往往是很困难的。但中晚唐的诗人们依然在巨人之后求变求新,并取得显著成绩。这有时代和诗人自身等多重原因。

这时,盛唐辉煌已逝,那种昂扬奋发的精神和慷慨悲壮的气势,已成为遥远的回忆和不绝如缕的回响,政治黑暗,内有宦官专权,外有藩镇割据,文人普遍仕途多舛,壮志难酬,这种氛围带给诗坛是一种孤寂和冷漠,散淡和平静,至晚唐又变为晦涩而朦胧,清丽而哀婉。七言律诗风格有几点重要变化:

其一,重写实,尚通俗。

我们举中唐诗人为例:

《遣悲怀三首》　　　　　　元稹

谢公最小偏怜女,自嫁黔娄百事乖
顾我无衣搜荩箧,泥他沽酒拔金钗。
野蔬充膳甘长藿,落叶添薪仰古槐。
今日俸钱过十万,与君营奠复营斋。(之一)

昔日戏言身后意,今朝都到眼前来。
衣裳已施行看尽,针线犹存未忍开。
尚想旧情怜婢仆,也曾因梦送钱财。
诚知此恨人人有,贫贱夫妻百事哀。(之二)

《遣悲怀三首》之一诗人追忆妻子生前的艰苦处境和夫妻情爱,并抒写自己的抱憾之情。一、二句引用典故,以东晋宰相谢安最宠爱的侄女谢道韫借指韦氏；又以战国时齐国隐士黔娄的妻子比喻韦氏，看到我没有可替换的衣服，就翻箱倒柜去搜寻；我身边没钱，死乞白赖地缠她买酒，她就拔下头上金钗去换钱。平常家里只能用豆叶之类的野菜充饥，她却吃得很香甜；没有柴烧，她便靠老槐树飘落的枯叶以作薪炊。出语虽然平和，内心深处却是极凄苦的。

> 闲坐悲君亦自悲，百年都是几多时。
> 邓攸无子寻知命，潘岳悼亡犹费词。
> 同穴窅冥何所望，他生缘会更难期。
> 惟将终夜长开眼，报答平生未展眉。（之三）

全诗窃窃私语，如诉家常，情真意切，而"顾我""泥他"细节入微，而"贫贱夫妻百事哀"的浅俗议论更有感人的力量。此类诗还有白居易《晚桃花》《钱塘湖春行》等，如：

《晚桃花》

> 一树红桃亚拂池，竹遮松荫晚开时。
> 非因斜日无由见，不是闲人岂得知。
> 寒地生材遗校易，贫家养女嫁常迟。
> 春深欲落谁怜惜，白侍郎来折一枝。

诗写花而感叹世事，遗憾很多受环境限制的人才，怀才不遇，白白被埋没了。叙事细微，语言浅易。

《钱塘湖春行》

孤山寺北贾亭西，水面初平云脚低。
几处早莺争暖树，谁家新燕啄春泥。
乱花渐欲迷人眼，浅草才能没马蹄。
最爱湖东行不足，绿杨阴里白沙堤。

道眼前景，不事粉饰雕琢，语言平易浅近，清新自然，用白描手法把精心选择的自然景象写入诗中，形象生动，即景寓情，一股清新之气扑面而来。如金王若虚在《滹南诗话》中所言"乐天之诗，情致曲尽，入人肝脾，随物赋形，所在充满。"

又如清田雯在《古欢堂集》中言："乐天诗及深厚可爱，往往眼前事为见得语，皆他人所未发。"

其二，诗人更重视对内心世界之深入体验和描写，敏感而内省。

中晚唐诗人在盛唐清朗明快意境之外又开孤清冷寂，平心静气（中唐）和深情绵邈，托兴悠远（晚唐）的意境。特别是晚唐，国事无望，政治更加黑暗，抱负成空，身世沉怆，诗人大多情怀压抑，悲凉空漠之感常常不请自来。这时诗人常在孤寂中对自身内心世界深入体验和审视，并以一种多重立体、

回环往复的结构方式,突破盛唐七言律诗平行或递进的结构模式。如:

《别严士元》　　　　　　刘长卿

春风倚棹阖闾城,水国春寒阴复晴。
细雨湿衣看不见,闲花落地听无声。
日斜江上孤帆影,草绿湖南万里情。
东道若逢相识问,青袍今日误儒生。

"细雨湿衣看不见,闲花落地听无声",观察细微,绘景生动,一种孤寂平静的心态跃然纸上,这正是中唐诗人的写照。再如:

《登柳州城楼寄漳汀封连四州》　　柳宗元

城上高楼接大荒,海天愁思正茫茫。
惊风乱飐芙蓉水,密雨斜侵薜荔墙。
岭树重遮千里目,江流曲似九回肠。
共来百越文身地,犹自音书滞一乡。

"岭树重遮千里目,江流曲似九回肠",比喻生动,写出诗人惆怅迷茫,心绪纷乱,对国家前途的担忧。

其三,在语言、对仗、表现手法及抒情模式的大胆探讨。

中晚唐诗人们常用一切皆无法常驻的眼光,看待世事的盛衰推移，普遍表现出伤悼的情调。这种悼古伤今，从刘禹锡等人的诗开始，形成一股势头，随后，杜牧、许浑、温庭筠、李商隐等写了大量的七言律诗并对七律之语言、对仗、表现手法及抒情模式进行了新的突破。其中杜牧和许浑七言律奇拗和补救值得重视。

《题宣州开元寺水阁》　　　　　　杜牧

　　六朝文物草连空，天淡云闲今古同。
　　鸟去鸟来山色里，人歌人哭水声中。
　　深秋帘幕千家雨，落日楼台一笛风。
　　惆怅无日见范蠡，参差烟树五湖东。

伤悼六朝繁华消逝，颔联出句平易，对句奇峭拔起，有意造成情感激荡，寓拗峭于流丽，以丽景写哀思，是唐诗意境之新开拓。如果说杜牧是有意用语句的"奇峭拔起"来造成诗歌激荡起伏之势，那么，许浑则以"锻造拗句"，使七律更加精致邃密，并形成所谓"许丁卯法"而为后人所学习模仿。

许浑学杜甫拗体但凡拗处必救，力求在杜甫拗体七律有所突破，着意锻造拗句以变平正，常与七律第三字、第五字互换平仄以相救，在中间两联对应使用，后人称为"许丁卯法"，晚唐及宋人皆来效仿。

《咸阳城东楼》　　　　　　　许浑

　　一上高城万里愁，蒹葭杨柳似汀洲。
　　溪云初起日沉阁，山雨欲来风满楼。
　　鸟下绿芜秦苑夕，蝉鸣黄叶汉宫秋。
　　行人莫问当年事，故国东来渭水流。

本句出句"日"，当平而仄，对句第五字"风"当仄而平，既避免本句孤平，又救出"日"字。（"风"救两字"欲""日"）

正如清王士禛《分甘馀话》所言："唐人拗体律诗……出句拗几字，则偶句亦拗几字，抑扬抗坠，读之如一片宫商。"

而李商隐更以情感变化、心理过程来构建七律，更是对七律的大胆突破。我们举几首李商隐无题诗为例：

　　相见时难别亦难，东风无力百花残。
　　春蚕到死丝方尽，蜡炬成灰泪始干。
　　晓镜但愁云鬓改，夜吟应觉月光寒。
　　蓬山此去无多路，青鸟殷勤为探看。

一种情绪反复咏叹，但各联的具体意境又彼此有别。它们从不同的方面反复表现着融贯全诗的复杂感情，同时又以彼此之间的密切衔接而纵向地反映以这种复杂感情为内容的心理过程。这样的抒情，通过多重立体、回环往复的结构来构建，成功地再现了心底的绵邈深情。这种朦胧的意境是唐诗意境的新开拓，也一直为后人所喜爱。

无题

重帏深下莫愁堂，卧后清宵细细长。
神女生涯原是梦，小姑居处本无郎。
风波不信菱枝弱，月露谁教桂叶香。
直道相思了无益，未妨惆怅是清狂。

全诗描写细腻，女主人公的心理独白就构成了诗的主体。

至温庭筠则将七言律诗语言及结构推向更加精致邃密：

《经旧游》 温庭筠

珠箔金钩对彩桥，昔年于此见娇娆。
香灯怅望飞琼鬓，凉月殷勤碧玉箫。
屏倚故窗山六扇，柳垂寒砌露千条。
坏墙经雨苍苔遍，拾得当时旧翠翘。

本诗用典、色彩、很讲究，具有色彩美和形式美。但只注重刻画形貌，没有李商隐那样高度的内心化追求。

总之，中晚唐七言律诗不想重复盛唐诗风，在语言、结构、谋篇、表达等进行大胆改革和创新，为宋诗七言律诗的繁荣局面打下坚实基础。

三　唐音宋调两峰并峙

（一）宋代七言律诗继承借鉴唐代的成果并继续发展

七律至宋，蔚为大观。以七律为主的宋诗，延续杜甫及晚唐风格继续发展，并形成自己特别的风格"宋调"。对宋诗对唐诗的继承和宋诗在七言律诗的贡献，后人多有评论，如宋严羽《沧浪诗话》："故唐之少陵、昌黎、香山、东野，实唐人之开宋调者；宋之柯山、白石、九僧、四灵，则宋人之有唐音者。"清陈衍亦在《石遗室诗话》中说"宋诗精华不在古体而在近体"，确然。宋初"西昆体"学李商隐；宋代最有名的两大诗派江西诗派和江湖诗派，都可在唐找到宗师。如以黄庭坚为首江西诗派师宗杜甫，杨万里及江湖诗派学贾岛、姚合。

（二）"宋调"对七言律诗之发展创新

主要有以下几条：

一是，首句可用邻韵；

二是，有意用拗体；

三是，万事万物皆可入七律，生活化，世俗化，描写更加精细；

四是，对仗精炼有随意，用典更多且讲究；

五是，爱说理、多议论等。

举苏轼、黄庭坚诗为例：

《和子由渑池怀旧》　　　　　　苏轼

人生到处知何似，应似飞鸿踏雪泥。
泥上偶然留指爪，鸿飞那复计东西。
老僧已死成新塔，坏壁无由见旧题。
往日崎岖还记否，路长人困蹇驴嘶。

开头即是议论，比喻熨帖。颈联突兀，结尾自然随意。

《狱中示子由》　　　　　　苏轼

圣主如天万物春，小臣愚暗自亡身。
百年未满先偿债，十口无归更累人。
是处青山可埋骨，他时夜雨独伤神。
与君今世为兄弟，又结来生未了因。

通篇犹如对亲人交代后事：身逢盛世，身为微臣的自己却愚蠢地自蹈死地。中年殒命，算是提前偿还了前生的孽债，但是一家老少十多口人，却要拖累弟弟了。一死本不足道，只是当年与弟弟相约夜雨对床的盟约再也无法实现，此后夜雨潇潇的时候，你只能独自伤心了。但愿与子由世世代代都做兄弟，把未了的因缘付诸来生！娓娓道来，全是家常语，但真挚感人，催人泪下。再如：

《次元明韵寄子由》　　　黄庭坚

半世交亲随逝水，几人图画入凌烟。
春风春雨花经眼，江北江南水拍天。
欲解铜章行问道，安知石友许忘年。
脊令各有思归恨，日月相催雪满颠。

黄庭坚这首诗描写精细，语言生动。中间两联："春风春雨花经眼，江北江南水拍天。欲解铜章行问道，安知石友许忘年。"一写景，一议论，写景时流丽绵密，议论中疏朗有致，轻重虚实，对比分明，看似简单描写，实则洗练功深。年年岁岁，虽见风雨不变，花开花落，流水依然，而人事已不堪矣。这首七言律诗一直被人当作七言律诗的样板。

四　对当前古体诗创作之启迪

（一）守正不泥古，创新不忘本

诗词创作要回归艺术本位。七律诗一路走来，继承与创新并行不悖。守正意味对传统形式的尊重和学习，新有本源，异从古来，学黄要先学杜、韩；学杜、韩又必学《诗经》《离骚》《汉赋》以及魏晋六朝名家如阮籍、陶渊明、大小谢、鲍照等人的佳作。比较琢磨，心有所得，意到新出。如黄庭坚所言："领略古法生新奇。"创新必须在对传统的全面继承中进行完善和改革。切记心气浮躁，标新立异，随意创新，意既浅俗，语亦鄙陋。

（二）形式问题不容忽视

从七言律诗之发展演化看，形式问题是七律发展的关键问题，从齐梁到初唐300年，七律要解决的主要问题是粘对、音律、对仗这些形式问题。"沈宋体"的出现解决了七律诗的形式规矩问题，从此就在这样的规矩里走向成熟和辉煌。

因此，古体诗创作不能为思想而忽略了韵律、构思、语言、表达等外在形式问题。

（三）当代古体诗作者要有自觉求新求变意识

文随时变，诗作者也应与时俱进，努力创新。在传统的格律诗词框架内，用当代人能理解和接受的语言，体现前代所没有的意境，同时能很好地驾驭和使用格律诗的格式和技巧，使时代精神、先进思想、真挚感情与艺术魅力高度融合，这才是创新。古体诗这种旧瓶可以装新酒，这种新酒，是情真而意美，语言具有时代性且凝练、形象，是合乎声律与韵律的诗词语言，而不是不加选择毫无韵味的大白话，如果所有白话都能入诗，岂不是和新诗一样。当前特别要警惕打着创新的旗号，随意破坏诗词声律、韵律及各种"规律"的反传统思潮。

平水韵、新韵（中华通韵）双轨制是不错的探讨，但要仔细研究二者的衔接和传承。不要厚此薄彼，特别要仔细研究二者的衔接和传承，对新韵要认真研究，慎重推敲，推出一套诗词界普遍认可的韵书，切莫强行执行。

五　古体诗与新诗应该互相借鉴

　　古体诗与新诗要相互借鉴，不要水火不容。古体诗要吸收新诗语言新鲜活泼、形象鲜明生动、形式自由之特点，新体诗要学古体诗的"规矩"和"规律"。百年新诗仍无成功，最主要的原因有二：

　　其一，欧化散文化语言表达形式与汉语形象性糅合对接不畅，对古体诗继承不足。

　　五四新文化运动废除文言文，提倡白话文，"破"字当头，创新功劳很大，但也有弊端，主要是对文言文，特别是古体诗如何继承没有解决好，造成新诗因缺乏意境、节奏、韵律而味同嚼蜡。

　　其二，形式问题一直没有解决，即没有"规律"。

　　新诗语言不限制、结构不限制、形式限制、音韵不限制，表面为了自由，实质在毁灭诗歌。这方面台湾现代诗人如余光中、郑愁予等对新诗的探讨和实践应该值得重视。

　　当前应该多种形式并存，不仅广泛学习古代优秀诗人优秀作品，诗人不分，时代不分，风格不分，广收并蓄，逐渐形成自己风格，同时还要有意识求新求变，甚至学习写新诗。当代有很多新诗，通过借鉴古体诗的韵律、节奏、意象等获得成功，许多诗句脍炙人口。如：

> 该得到的尚未得到
> 该丧失的早已丧失
>
> ——海子《秋》
>
> 卑鄙是卑鄙者的通行证
> 高尚是高尚者的墓志铭
>
> ——北岛《回答》
>
> 我轻轻地走了，正如我轻轻的来……
>
> ——徐志摩《再别康桥》
>
> 有的人活着，他却死了，有的人死了，他还活着
>
> ——臧克家《有的人》

还有余光中《乡愁》中"头"字拖沓重复，造成回环往复、一唱三叹之抒情效果。

可惜这样有"规律"的新诗太少。本人曾借鉴古体诗的节奏、韵律和意象等特点写新诗，也获得一定成功。如：

《下午茶》

> 把青春
> 裁成花瓣
> 在心灵深处　绽放
> 把岁月酿成红酒
> 在微醉月下　小酌

心绪悠悠
任流水淌过
思念淡淡
任清风抚摸
记忆
翻拍成黑白片
童年的风筝线
牵着你和我
把某年某月
也烹成下午茶
在某日小憩后
静静等你品说……

《种秋》

蘸着露
把秋天写瘦
搅着霜
在秋天涂鸦
落叶伴酒
山菊作杯
心事付与春
回忆说给夏
等待第一场雪花

再把梦根植夜里

在秋天发芽……

《等你》

一直

在等你……

三月等你

你躲在桃花瓣里

半点含羞

　半吐花蕊

　四月等你

　你融在蔷薇花丛

　芳心千重

　丝丝落寞

　五月等你

　相约荷塘月色

　寂寞蜻蜓颤翼

　十里荷花露泣

　六月等你

　雨窗夹竹数枝

　兰花减了清丽

　七月等你

绿阴疏影

石榴芳心千束

八月等你

高柳晚蝉

桂香岑寂

九月等你

菊花幽独

风竹敲秋韵

十月等你

晓霜上青林

芭蕉听雨滴

十一月等你

蒹葭烟淡

风牵青杉衣

十二月等你

等第一片雪儿

飘融在掌心

刹那　就过了一世纪……

《问》

问那月

朦胧多少思

问那云

变幻多少眼

问那雨

湿了谁的陌

问那风

吹皱谁的涟

问天涯

送了谁的笺

问渡口

摆去谁的船

问青灯

幽了谁的卷

问来世

谁是谁的缘……

《问秋》

想问你 那片

轻轻捡来的

枫叶可好

红红的 烫烫的

墨绿的玻璃板

可镶嵌这片羞涩的秋

想问你 那朵

偷偷摘来的

秋菊可好

插在花瓶

制作书签

连接这段没读完的故事

想问你　那包

带泥土味的

松籽可好

秋色濛濛

雨丝濛濛

来年拂面的春风

可是松林的细雨

哦

问你问你

问你如水的心灵

可放下这片收获的秋……

综上所述，七言律诗的发展是一个继承与创新相互依存，互为因果的过程，每一次创新的成功，都是在尊重、学习传统的前提下取得的，而每一次创新的成功，都会使七言律诗焕发新的活力。我们应该在当前古体诗创作实践中，兼收并蓄，充分学习、吸纳古代优秀诗人的创作成果和成功经验，取长补短，继承与创新并行不悖，创造出不愧于这个时代的优秀作品。

陶轩诗话十八则

一

古人学诗，先学五律，次学七律，再学七绝。五律练写景对仗，七律多抒情言志，没有一定的学识积累，情感磨炼，很难跌宕起伏，文思绵邈。最后才写绝句，大概绝句看似简单，其实最讲含蓄蕴藉，余味无穷，而且整体短小局促，稍不用力就流于一般，而用力过猛又雕琢痕多，难就难在空灵和沉郁之分寸拿捏。唐人绝句以李白、王昌龄为佳，李白似行云流水，自然清新，王昌龄含蓄蕴藉，情思绵邈，深得绝句之妙。

二

唐诗是在饮酒，酒逢知己千杯少，金樽清酒斗十千；宋诗是在品茶，优雅从容，梨花院落融融月，柳絮池塘淡淡风。唐诗是在热情拥抱世界，宋诗是在冷静观察生活；读唐诗仿佛夏阳高照，酣畅淋漓，热烈奔放；品宋诗犹如秋韵冉冉，云淡风轻，时光清淡。后人学诗非唐即宋，宋诗之价值可见一斑。

三

《诗经》是长，唐诗是嚷，宋诗是想，明清是仿。《诗经》是长出来的，一切都犹如新生儿，从头到脚都让人觉得鲜亮生动；唐诗是嚷出来的，虽然不如《诗经》新鲜，但生命的呐喊也憾人心肠；宋诗是想出来的，虽多理趣却少情感；明清是仿出来的，超不过就照猫画虎。

唐诗卓卓，后人难企，宋人面临不可逾越之高峰，或学习或另辟蹊径，宋人选取后者，后人学诗者，非唐即宋，足证宋诗确有价值。虽然如此，笔者还是喜欢唐诗韵味高致，情感丰腴："涧水流年月，山云变古今。"不事藻饰，寄慨遥深；"竹深喧暮鸟，花缺露春山。"秀俊如画，闲雅多姿；"江月随人影，山花趁马蹄，离魂将别梦，先已到关西。"托想空灵，语有隽味，驱山花江月为辞者送行，其交谊深挚如是。宋诗苏黄王陆诸人固有佳诗好韵，但总体不如唐诗自然清新，古朴风流。又如"请君试问东流水，别意与之谁短长"，结句变化神奇，情深意长，余音袅袅。作诗本乎情景，情景交融，斯为佳作。

四

绝句短小而促狭，以悠扬不尽为佳，以空灵蕴藉为优，用力的合理及遣词的疏密就显得尤为重要，结尾更讲究留有余味。试看两首拙作：

青杏

绿裙①犹见旧时妆，烟雨流红任涧冈。
事尽繁华青果涩，谁人识得杏儿黄？

首句写杏花虽败，但风韵犹存，且坦然面对流红落英。"犹""任"用字讲究。而结句，青果涩与杏儿黄也有味，含有许多人生况味。但这首绝句明显用力过猛，有意用色彩造成视觉效果，显得语词烦琐，给人遐想不足。再看另一首：

芈月

室外陪媵等侍巾②，笑颦楚女最清新。
若逢地下君王怪，妾本事人为事秦③。

"清新"及两个"事"用得妙，"清新"是其少女时，纯情稍带羞赧，"事人"则妖冶淫荡，面目全非，"怪"字转得突兀但醒目。这首诗如果说有成功之处，就在于用力时留有余地，遣词留有空白，而后两句转折突兀又合理，给读者以想象

---

① 绿裙：绿叶。
② 侍巾，指侍巾帷房，侍候主人也。
③ 事人，指通义渠君；事秦，使天下侍奉秦国。

的空间，有余味存焉。

五

诗贵天然浑成。唐诗自然婉转，如口语流出，不事雕琢而真韵自现，看似平易却洗练精深。后人写诗刻意表现，反而诗味索然。如白居易《昭君》诗云："汉使却回凭寄语，黄金何日赎蛾眉？君王若问妾颜色，莫道不如宫里时。"此诗有情有景有韵味，明代谢榛认为白诗词意两拙，修改为："使者南归重妾思，黄金何日赎蛾眉，汉家天子如相问，莫道荣光异旧时。"比较白诗，谢诗刻意表现，用"重妾思""荣光"等表达昭君思君思归之渴望，但语言空泛、苍白，远不如"凭寄语""宫里时"语言生动自然且有情致。

六

唐诗深情，读之总有青春、生命的骚动和感悟，有人性的张扬和宣泄，不说理，而人生哲理存焉；宋诗虽说理，却总感觉缺乏生命、人生的感悟和触动。王维"行到水穷处，坐看云起时"，不说理而情理具佳；朱熹"问渠那得清如许，为有源头活水来"，虽说理却直白浅露，味同嚼蜡。

再看两首诗：

《宫词》　　　朱庆馀（唐）

寂寂花时闭院门，美人相并立琼轩。
含情欲说宫中事，鹦鹉前头不敢言。

《画眉鸟》　　　欧阳修（宋）

百啭千声随意移，山花红紫树高低。
始知锁向金笼听，不及林间自在啼。

　　朱庆馀写宫中女性的怨愁，情景俱佳，首句既是以情衬景，又是景中见情。繁花似锦却紧闭宫门，也关闭一颗青春火热之心。这里，有青春生命的叹息，有人性的无言倾诉。相并，说明不止一个宫女。后二句移情换景，突兀而起，既然满腹伤心事就尽情倾诉也好，可惜隔墙有耳，欲说还罢，含蓄蕴藉之情感就在这欲言又止中戛然而止。而欧阳修也写渴望人性之自由，但从头至尾都显得浅显直露，缺少回味和思索。

七

　　诗歌是语言的极致，古体诗更讲究语言运用。古典诗词之美，源于语言之精辟、华美、清新和典雅，这是古典诗词含蓄美、典雅美必不可少的组成部分。而大量现代语言、口语和俗语入古体诗词，必然会破坏其音韵婉转、意象鲜明的特色，试想键盘、纳米、房地产、坦克写进诗里，还有诗词特有的韵致、意境吗？白话入诗，迄今成功很少，即是证明。

八

　　研习创作古体诗，还是以"守正"为主，"创新"为辅，在当前更是如此。古体诗词历经千年而不衰，自然有其独到之魅力及规律：如格律之运用、意象之选择、情景之设置、章法之安排、词句之遣用，乃至谋篇布局、音韵谐美等，非下功夫钻研揣摩不可。今人很浮躁，稍懂一点平仄对仗就自认为已是"诗人"，到处酬诗致词，虽笔耕不辍但毫无进步，这种情况在当下很多，而一旦养成"格律溜"的思维，纯美精雅、敏锐的诗感就渐行渐远，诗，越写越多，甚至一日一诗，水平却每况愈下。

九

　　古体诗最见功力，最讲学识修养。"读书破万卷，下笔如有神。"博览群书，提高自身综合文化修养是写好古体诗的关键。古人之诗，甚至晚清至近代诸大家之所以古体诗写得好，与其博览群书、文史哲兼修有很大关系。读书以养气，气足而言盛。真正的文章及诗词好手，必然读书多，养气厚，厚积而薄发。

十

当代古体诗创作面临的现实问题并不是是否采用格律,用何种韵律的问题,而是我们在没有整体吃透古代格律系统时就开始放弃甚至批判。其实,这是一种不自信的表现。当我们才识不足以充沛丰厚古体诗;当我们艺术表现不足以驾驭经营古体诗;当我们真诚纯美的情感不足以化解功利的冲动,我们很容易把诗词写作的不成功归咎于格律之束缚,须知破坏很容易,但创新难上加难,须知古代那样多韵律要求非但没有束缚古典诗词的发展,反而让古体诗大放异彩。可见,格律的限制从来不是当前诗词创作不出优秀作品的原因。

十 一

梁启超先生在评价黄遵宪、夏曾佑等人用新事物、新语言入诗反映现实后说:"然以上诸家,皆片鳞只甲,未能一家之言,且多欧式意境、语句,多物质琐碎粗疏者,于精神思想未有之也。"大哉斯言,梁公目光如炬,一下子说到诗创作的本质。诗,是最心灵化的艺术形式,主体性、主观性、唯心性最强。在创作状态下,心灵的映现,想象的展开,精神审美的升华就成为诗作品成功的核心要素,而大量的浮光掠影、机械移植的事物只会破坏诗的意境和韵味。对当代古体诗创作者而言，光用新事物、新词语入诗，诗作水平是提高不了的，真正需要变革的不是格律本身，而是诗人自身。诗品如人品，胆、气、才、识缺一不可，而人格修养更需要不断历练提高。对我们而言，努力学习前人之创作经验，汲取前人优秀博大之思想精髓，养成独立之人文精神，形成独特之审美意识及独立思考之能力才是诗创作所必需的。

十二

格律成熟以后出现很多僵化的作品，但这绝不仅仅是格律本身的问题，也与作者自身修养及表现的内容密切相关，片面地将诗词的思想内容与格律形式机械分割，只指责格律束缚了思想而不承认自身及内容诸问题，不但不易看清诗词创作衰颓的根源，更糟糕的是会使我们对诗作形式上的优秀传承——格律——加以破坏而心里安得。

十三

古体诗的复兴，涵盖内容和形式两个层面，这是一个系统工程，绝不是仅仅只局限于平水韵与新韵的改良与变革那样简单，必须从内容与形式（格律），言志与缘情，继承与发展等方面，探寻一条复兴之路。

十 四

汉字的形象性、凝练性、多意性特征与诗歌的意境、情感等天然吻合，历代优秀传世名作大多是用凝练的文字在有限的篇幅及相对固定的格式下呈现出来的，白居易倡导的"文章合为时而著，歌诗合为事而作"的新乐府诗，从来多受诟病，反而是其在格律规则下写的闲适诗、抒情诗取得了成功。

十 五

古体诗是文化遗产，如古筝、京剧等，是一种传统，需要保护和继承，必须在继承的基础上进行保护性"改革"，而不能以"新时代"的名义直接批判和抛弃。所谓提倡新韵，摒弃平水韵，无异于"文化大革命"中"破四旧、立四新"，逞一时之快，毁传统于一旦，而一旦破坏再要恢复就很难了，这是有识之士特别需要警惕的！

十 六

宋黄庭坚论诗云："宁律不协不使句弱，宁用字不工不使语俗。"又云："随人作计总后人，自成一家始逼真。"今人不知，断章取义，只谓要学黄庭坚翻陈出新，标新立异。心气浮躁，甚至标榜自成一体，不探究古人之法，不琢磨古诗之妙，不费工夫研究古今之道，随意创新，动辄立异，意既浅俗，语亦鄙陋，不知新有本源，异从古来。学黄庭坚要先读杜、韩之诗，学杜、韩要先读《诗经》《离骚》《汉赋》以及魏晋名家如阮籍、陶渊明、谢灵运、鲍照等人的佳作，研究琢磨深了广了，才会比较，才会发现，也才会心有所得，意到新出，也才如黄庭坚所谓"领略古法生新奇"。

十七

诗贵立意。如苏东坡所说："善画者画意不画形，善诗者道意不道名。"立意是评价一首诗优劣最重要的标准。

立意高远，卓尔不群，作品才有气魄和风骨，给人感染或启迪。而立意的高远又与作者襟怀、胸怀及独立的自由思想密切相关。诗品如人品，没有人格之境界，没有思想之高度，光在字词句上下工夫是立不好意、写不好诗词的。正如南宋词人姜夔《白石道人诗说》所言："意格欲高，句法欲响。只求工于字句，亦末矣！"

十八

掌握了古体诗词立意及章法，以之写新体诗，依然可以写出情韵兼胜，意境优美之佳作。古体诗讲究音韵、节奏、章法布局，炼字炼意，讲究句式的整饬和严谨，讲究意境的匠心独运，其实这些手法完全可以运用到新诗创作里。

现代著名诗人如徐志摩、戴望舒，当代台湾优秀诗人如余光中、郑愁予、琼虹、席慕蓉之所以能创作出脍炙人口的现代诗，和他们对传统的努力继承和创新是分不开的。

跋

　　余幼爱文史，兼好诗词。总角之时，受惠慈母。母虽守拙，亦出大家，说古论史，诗教存焉。家虽清贫，《三国演义》《水浒传》《唐诗三百首》有藏；书虽残破，犹寄童年之乐趣，亦为诗词之启蒙。既入庠序，时逢动荡，学工学农，偶为打油；评法批儒，诗上黑板。内容虽无可观，殷殷诗心初呈。长而大学，求学于长安；后为人师，致力于国学。传道解惑之余，信笔涂鸦。新诗旧体，一并发作，至若废寝忘食，含毫伸牍。但有所感，辄表心迹于纸上，不求闻达于诗坛。惜乎疏于保存，数十年仅集散篇数十而已。迩年重拾旧作，专心古体。但凡登临怀古，宴饮交游，思旧悼亡，时有心感；与夫江涛汹涌，云霞蔚蒸，草木盛衰，常为目动，一并入诗。盖遣幽怀抒忧愤，亦或补缺时弊也。初不计滥竽精优，久之萃次成帙，名之曰《终南集》，盖余生于终南山下，灞水之畔，自幼见山水有亲，登林壑多慨，集中咏终南之诗多矣。

呜呼，诗道之不振久矣，今人为诗亦难矣！或曰：旧体之作，继承创新孰难？余曰创新难，继承更难！继承须得博涉百家，探本溯源，如蜜蜂之采千花而成蜜，如临帖之摹众家方成形。须知新有本源，异从古来。欲学黄庭坚"脱胎换骨"之新，先读杜、韩之诗；学杜韩须先读《诗经》《离骚》《汉赋》及魏晋阮籍、陶渊明、谢灵运、鲍照诸家之作，潜心专研，探骊获珠，或有所得。此亦黄少谷所谓"领略古法生新奇"之教也，亦古人今人优劣所由判也。

"子曰：诗三百，一言以蔽之，思无邪。"一语道破诗之真谛：诗尚真诚真情也。真诚者，良知也，君子也；真情者，赤心也，仁人也。君子无私，襟怀坦荡，常怀天下之忧；天地有道，周而复始，每牵民生之艰。追逐名利者，情必虚伪；心灵龌龊者，诗必鄙诞。古来佳作，未有不出于真情者也。至若美刺教化、敦风俗、厚人伦亦于真情存焉。余天资平庸，自忖诗作无大过人之处，然发乎心，动乎情，差可拟之。若读者诸君心有会意，情有同感，于集中略摘一二记之，拊缶而歌之，亦足慰焉！若其取义或乖，辞有不善者，亦有待大方之家教也。

《终南集》付梓，承蒙陕西语言学学会会长、陕西师范大学文学院二级教授、博士生导师胡安顺先生于百忙中为之撰序；中国书法协会理事、陕西书法协会常务副主席、西安交大书法系主任、博士生导师薛养贤教授题赠书名；骊山印社董扬社长篆刻"陶轩主"印章，皆为诗集添辉增色，在此一并致谢！最后，特别要感谢西安财经大学文学院及中文系所给予的大力支持！

诗曰：

> 幼亲山水结鸥盟，岁月临秋百感萦。
> 欲藉诗词寻大道，敢呼烟雨表心旌。
> 渔夫鼓枻非吾愿，屈子行吟见尔情。
> 语鄙意浮君莫笑，乐忧悲喜是书生。

是为跋。

陶轩主
戊戌仲秋于陶轩